KB025546

딸은 애도하지 않는다

아버지의 죽음이
남긴 것들

딸은 애도하지 않는다

사과집 지음

상상출판

이 책을 아빠에게 바칩니다.

이것은 애도가 아니다

여름이 시작되던 무렵이었다. 10개월간의 긴 여행을 마치고 한국으로 돌아온 지 얼마 안 됐을 때였다. 당시 나는 여행의 여운에 빠져 여전히 현실로 돌아오지 못하고 있었다. 이역에서 가져온 낙관과 상상이 더운 열기에 섞였다. 한국에 돌아온 지 한 달도 되지 않은 어느 날, 아빠가 갑작스레 세상을 떠났다. 내 삶에서 미래나 긍정적인 단어는 장례식 이후로 빠르게 자취를 감췄다. 느닷없이 '현실'이라는 이름의 삶이 내게 밀려들었다.

포르투갈로 떠나는 비행기 안에서 철학자 김진영의 유고집 인 『아침의 피아노』를 읽었던 것이 생각났다. 그 책 안에는 그

가 암으로 임종하기 직전까지 썼던 일기가 담겨 있다. 작가는
니체의 말을 인용해 죽음에 대한 자신의 생각을 전한다. 인간
은 가을의 무화과와 같아서 무르익어 죽으며, 무르익는 것은
소멸하고 소멸하는 모든 것은 무르익는 법이라고. 그것이 바
로 니체가 말하는 '조용한 순간'이다. 죽음을 앞둔 철학자는 그
의 문장처럼 난숙한 무화과의 순간에 도달했다. 그는 이 거대
한 고독의 시간에 자신의 삶과 죽음, 몸과 마음, 과거를 정직하
게 기록했다.

그러나 나의 아빠는 '조용한 순간'을 갖지 못했다. 합병증 환
자이자 비정규직 노동자로 업무 중에 사망한 남자에게 삶을 고
찰할 '조용한 순간'은 없었을 것이다. 죽음을 예상하고 준비할
시간이 있었다고 하더라도, 과연 아빠가 삶을 관조적으로 돌아
볼 수 있었을지는 의문이다. 사회 속에서 어떤 사람은 더 빨리,
더 아프게 죽는다. 어쩌면 삶을 고찰할 수 있는 고독의 시간은
소수의 사람에게만 주어지는 특권은 아닐까.

장례를 치르고 얼마 후엔 김진영 씨가 번역한 롤랑 바르트
의 『애도 일기』를 읽었다. 바르트는 어머니의 사망 이후부터
약 2년간 일기를 썼다. '슬픔이 너무 지나치다고 생각'할 정도

로 사랑하는 사람을 상실한 슬픔을 집요하게 기록했다. 그걸 읽으면서 나는 그의 애도에 공감하는 한편, 내가 바르트만큼 슬퍼하지 않는다는 것에 묘한 죄책감을 느꼈다.

그 시기 나의 감정은 슬픔보단 분노와 절박함에 가까웠다. 내가 딛고 있는 땅이 강하게 흔들린 직후였던 탓이려나. 그 여진으로 인해 내가 알던 모든 것은 원래의 위치에서 조금씩 어긋났다. 아빠의 죽음은 시력 검사대에 턱을 대고 렌즈 구멍으로 초원 위의 집을 바라보는 것처럼 내 삶을 강제로 마주하게 했다. 그렇게 바라본 내 미래는 너무 아득하고 불확실해서 매 순간 가슴을 조여왔다. 나는 정말 잘 살고 싶었다. 애도는 사치인 나날이었다.

어쩌면 죽음은 익숙해질 수 없는 것인지도 모른다. 그러나 어떻게 죽음을 맞고 싶은지는 미리 떠올려볼 수 있다. 먼발치에서 본 타인의 인생과 책에서 엿본 죽음은 나의 것이 아니었다. 내겐 나만의 답이 필요했다. 언젠가 아프고 병들고 죽을 우리의 삶을 미리 고민하고 얘기하지 않으면, 갑작스러운 죽음 앞에 오늘처럼 당황할 것이다. 돌봄과 가족, 죽음과 질병을 고찰하는 '조용한 순간'은 빠를수록 좋다. 나는 잘 무르익기 위한 준비를 하려 한다.

　글쓰기는 남겨진 내가 여진을 감당하는 유일한 방법이었다. 죽음에 대해 글을 쓴다는 것은 과거를 기억하고 미래를 준비하는 일이다. 내가 적지 않으면 완전히 사라질 어떤 한 사람의 기억을 지구에 남기는 일, 지금 남은 자의 삶이 더 온전해질 수 있는 방법을 고민하는 일이 동시에 이뤄진다. 이는 개인적인 일이지만 사회적인 일이기도 하다. 김진영은 병상의 기록을 남기는 이유는 나를 위한 것이 아니라 타자를 위한 것이라고 말했다. 죽음에 대한 사적인 일기를 올리기로 한 이유다.

　망각할 수 없는 비밀은 고요히 혼자 간직하고, 망각하기 쉬운 것들을 여기에 기록한다. 그렇게 모든 것이 끝난 후에 사실은 이 모든 과정이 적절한 애도였다는 것을 알아차릴 때가 오길 바란다.

목차

2부

우리는 여전히 우리를 모르고

———

3부

세 여자의 애도법

4부

나의 죽음은 나의 생을 깨운다

———

1부

더 나은 죽음

아빠가 죽어도 상주 못 서는 딸

아빠는 심정지 상태로 병원에 도착했다. 응급실에 도착한 뒤로도 심폐소생술이 이어졌지만 가망이 없었다. 의사는 사망 증명서의 사인死因을 '미상'으로 썼다. 이미 심장이 멎은 상태에서 병원에 도착했으므로, 기존 병력이나 짐작 가는 사인이 있어도 이 병원에서는 쓸 수 없다고 했다. 사망 증명서를 본 아빠 친구와 삼촌, 아빠 회사에서 나온 총무과 과장이 모두 원무과에 따졌다. 그때도 나는 상황이 어떻게 돌아가는 건지 파악하지 못하고 있었다. 뒤늦게야 사망 증명서의 사인에 '협심증으로 인한 심장마비' 같은 정확한 이유가 없으면 보험이나 산재신청 등 추후 행정처리에서 불이익을 받을 수 있다는 사실을 알게 되었다. (이런 경우 부검을 해야 '여러모로' 좋다는 사실도 나중에야 알게 되었다) 어른들은 내가 모르는 언어를 당연하다는 듯이 말하고 따졌다. '이 사람들에게 죽음은 처음이 아니겠구나, 익숙한 일이겠구나'라는 생각이 불현듯 들었다. 한편으론 죽음에 대한 나의 무지함과 누군가에게 손을 벌려야만 간신히 한 발을 뗄 수 있는 내 모습에 무력감이 들기도 했다.

모르는 것이 당연한 건데도.

무력감은 장례식장으로 이동하며 더욱 커졌다. 장례식장은 집에서 멀지 않은 곳에 위치했다. 장례식장에 도착하자마자 1층의 사무실로 향했다. 나와 엄마의 뒤로 삼촌, 아빠의 친구, 엄마의 친구 등 많은 어른이 따라 들어왔다. 다들 사무실 의자에 앉은 나를 바라봤다. 그곳에서 가장 어린 사람은 나였지만, 모든 것을 책임질 사람도 나였다. 아는 게 없으니 네가 다 알아서 하라는 엄마의 떠넘김도 당황스러웠다. 나도 아는 게 없는데……. 그렇게 아는 게 없는 상태로 차가운 유리가 깔린 테이블 위에서 몇 번의 서명을 했다. 사무실 직원은 장례 상품 소개를 계속했다. 수의, 제단, 입관 용품, 장지 용품, 염습 인건비, 제단과 꽃값, 음식 종류 등 대여섯 장이 넘어가는 항목과 금액을 설명했다.

"이 정도는 기본으로 다 합니다. 저렴하게 해드릴게요."

직원이 하자는 대로 했다. 유일하게 옵션이 주어진 납골함은 학과 꽃이 그려진, 개중 가장 고급스러워 보이는 40만 원짜리로 골랐다. 어른들이 뒤에 서 있는데 25만 원이나 30만 원짜리를 고르면 안 될 것 같았다.

성복제, 발인제, 봉분제⋯⋯
장례 절차가 이렇게 복잡했던가. 직원들은 각 제사가 어떤 의미를 지니는지조차 설명해주지 않고 그저 금액만 알려줬다. 엄마나 삼촌에게 물어봐도 다들 잘 모르는 눈치였다. 담당자는 여전히 "대부분 다 하는 단계고 음식도 잘 나와요"라고 권할 뿐이었다. 이 장례식장의 모토는 '고인을 잘 보내려면 이 정도는 해야지'인 것 같았다. 나는 그들이 말하는 고인의 품위와 품격을 해치지 않는 '이 정도'의 기준이 궁금했다. 고인을 잘 떠나보내야 한다는 유가족의 마음을 어떻게 장사로 환원하는지도 궁금했다. 궁금한 건 많고 아는 건 없었지만 결국 결정도 내 몫이었다. 수많은 서류에 서명을 마

친 나는 어쩌면, 모르는 것이 당연한 게 아닐지도 모른다는 생각을 했다.

"집에 남자가 한 명도 없으면 사람들이 무시해. 남자가 하나라도 있어야지."

엄마와 나, 여동생은 검은 한복을, 삼촌과 사촌 오빠는 양복을 입었다. 상주 완장은 사촌 오빠가 찼다. 1년에 한 번 볼까 말까 하는 사촌 오빠가 나 대신 내 아빠의 상주가 된 것이다. 온갖 결정은 내가 내렸지만, 아빠를 보내는 예식은 다른 사람의 몫이었다. 장례식장에서는 평생 같이 산 직계존속보다도 남자를 선호한다는 사실도 그제야 알게 됐다. 삼일장 내내 사촌 오빠가 술을 따르고 불을 붙였다. 죽음과 장례 절차를 잘 알지 못하는 나보다 대소사를 더 많이 경험한 중년 어른이 맡는 게 맞다고 생각하면서도, 갈수록 억울하고 화가 났다. 한 집안의 장녀였음에도 아빠를 보내주던 마지막 날까지 앞에 설 수 없었다. 단지 내가 여자였기 때문에.

분향소의 전광판은 깔끔했다. 엄마와 나, 동생. 딱 우리 세 명이었다. 그 전광판 덕분에 그제야 내 아버지의 죽음에 상주가 될 수 있었다. 다른 분향소는 전광판이 수많은 이름으로 가득 차 있었다. 네댓 명의 자식과 그 아래로 이어지는 네댓 명의 손주들. 아빠를 일찍 잃은 핵가족은 장례식에서 보기 좋지 않은 타입이었다. '여자 셋만 남아서 가여워서 어째'라는 시선도 지긋지긋했다. 언젠가 기사에서 '장례식은 정상 가족의 삶을 평가하는 최종 시험장'이라는 문장을 만난 적 있다. 뒤늦게 그 문장이 공감이 갔다. 전광판 속 엄마의 이름 옆에는 미망인未亡人이라는 단어가 적혀 있었다. 미망인, 남편과 함께 죽었어야 했는데 아직 죽지 못한 사람. 오랜 여성 혐오의 증거였다.

때문에 영정사진을 들고 장지로 향하는 사람도 내가 아닌 남자였다. 성인인 나를 장례지도사는 아무것도 모르는 아이 취급을 하며 반말을 했다. 가까운 죽음의 경험은 이번이 처음이었지만, 나 또한 내 삶을 꾸려온 어엿한 어른이었다. 그러나 장례 절차 속에서 나는 '여자아이' 취급을 받았다. 그렇게 모든 자신감을 잃어갔다. 이곳의 시스템은 내가 아무것도 모르기를 바라는 것처럼 굴고 있었다. 그리고 이 일은 이미 오래전부터 예견되어 있었다.

***

내가 목격하고 체험한 장례란 가부장적 '정상' 가족이 얼마나 잘 살아왔는지를 평가하는 마지막 관문이었다. 여성과 남성이 할 일은 엄격히 나뉘어 있었고, 여성은 장손의 자격을 인정받지 못해 겸허히 한 발짝 뒤에 서야 하는 그림자 같은 존재였다. 그간 모든 제사와 명절에서 반복된 전통적 여성상이 가장 강하게 재생산되는 곳이 바로 장례식장이었다. 보수적인 가족상을 견고하게 유지하는 정상 가족의 재현은 상업화된 장례 문화와 결합되었다. 개개인의 삶을 간과한 채 모든 사람에게 일률적으로 적용된다. 의미조차 알지 못한 채로 반복되는 제사들과 그저 때에 맞춰 기계처럼 세팅되는 제사 음식들. 그리고 그 앞에서 절을 하는 절차화된 의례, 품위와 품격이란 이름으로 높아진 각종 상조 용품들까지. 애도의 본질과는 거리가 먼 장례를 치르며 내가 한 생각은 단 한 가지였다.

내 장례식은 이러지 않았으면 좋겠다.

아빠를 보내면서 누군가를 떠나보내야 하는 이 애도의 과정에서마저 내가 철저히 소외된 채 성장했다는 사실을 깨달았다. 유년 시절, 비슷한 또래의 남자 사촌들과 보낸 시간을 떠올렸다. 어른들은 초등학생이던 남자 사촌들에게는 미리 사회생활을 연습시켜주었다. "네가 자라서 해야 하는 일이다"

라는 말과 함께 음주 예절이나 제사를 지내는 방법을 가르치고, 교복을 입기 시작할 때쯤엔 양복 입는 법을 알려주었다. 남자들이 미리 사회생활을 연습하던 그때 나는 무얼 했나. 음식을 들고 나르기 바빴다. 청소년기를 지나 성인이 되고 회사에 다니면서도 마찬가지였다. 내 삶은 늘 비슷하게 이어졌다. 호주제가 헌법불합치 판결을 받아 사라지고, 여성을 종중의 구성원으로 인정하고, 부계혈족과 모계혈족을 차등에 두지 않아야 한다는 판결이 나왔음에도, 중요한 관습과 비공식적인 유산은 여전히 가부장제 안에서 남성들에게만 전해진다. 그런 문화에서 자라난 여성은 소중한 사람을 갑자기 떠나보내게 되었을 때조차 주체적인 경험을 박탈당한다.

아빠의 장례를 치르며, 미리 내 죽음의 가치관을 세워야겠다고 다짐했다. 아빠의 장례식을 바꾸진 못했으나 나의 장례식은 바꿀 수 있다. 상주는 고인을 가장 사랑하는 사람이, 절차는 고인을 가장 잘 애도할 수 있는 방식으로 이뤄져야 한다. 내겐 죽음의 청사진이 필요하다.

화장터에서 조는 사람

드디어 발인제가 끝났다. 발인제는 장례를 마치고 장지로 갈 준비가 되었을 때 지내는 삼일장의 마지막 제사를 일컫는다. 관에 시신을 모신 후에야 운구 버스에 올라탔다. 나는 아빠의 영정사진을 들고 버스 맨 앞자리에 앉았다. 화장터인 용인 '평온의 숲'까지는 1시간 정도가 걸린다고 했다.

'자면 안 되겠지?'

3일간 제대로 잠을 자지 못해 피곤함이 엄습했다. 그러나 내 옆자리와 뒷자리, 버스 안은 친척과 어른들로 가득했다.

검은 상복 주머니 속에 넣어둔 볼펜을 꺼냈다. 제단과 꽃값, 음식을 결제할 때마다 서명을 해야 해서 모나미 볼펜을 늘 챙겨두었다. 나는 1시간 동안 볼펜으로 연신 허벅지를 찔렀다. 여기서 자면 안 된다고 속으로 몇 번이고 중얼거렸다.

평온의 숲에 도착하자마자 나와 삼촌, 그리고 아빠의 친구는 행정실로 향했다. 나는 장례식장에서 받아온 검은 쇼핑백에서 사망진단서와 가족관계증명서 등 각종 구비서류를 꺼내 제출했다. 행정실의 벽면에는 화장 금액표가 붙어 있었다.

경기도 인접 지역, 만 15세 이상 대인, 60만 원

부의금 봉투에서 5만 원짜리 지폐 12장을 꺼냈다. 그저 금액을 지급하면 차질없이 화장이 진행되는 줄 알았는데, 내가 선택해야 할 것이 하나 더 남아 있었다. 뽀얀 가루 같은 분말형, 뼈의 형태가 남아 있는 유골형 둘 중 유골을 어떻게 분쇄할 것인가를 정해야 했다.

화장터 행정실의 유리 데스크 안에는 유골을 분쇄하는 두 가지 방법에 관한 사진이 있었다. 놀이공원에서 신용카드에 따라 어떤 할인 혜택이 적용되는지를 보고 고르는 기분이 들었다. 즉, 어떤 걸 선택해도 정확히 무엇이 다른지를 도무지 알 수 없었다.

보통 뭘 많이 하냐는 나의 질문에도, 죽음을 거듭 겪은 직원은 설명할 의지조차 없어 보였다. 유리 데스크의 사진을 보다가 아빠 친구에게 물었다.

"어떤 걸 하죠?"
"네가 원하는 대로 해."

원하는 게 있을 리 없었다. 뼛가루의 종류에 대해 생각해본 건 그때가 처음이었다. 나는 나보다 죽음을 더 많이 경험한 이의 도움이 절실했다. 보다 못한 아빠 친구가 덧붙이기를 분말 형태는 납골함에 습기가 차기 쉽다고 했다. 결국 유골형으로 하기로 했다.

분골 방법을 결정하자 그때부턴 기나긴 기다림이 시작됐다. 화장터에 도착한 순서에 따라 고인은 화구에 들어간다. 우리는 대기실에서 아빠의 육체가 '유골형' 분골로 변하기를 기다리면 됐다. 화장 완료까진 약 2시간 정도가 남아 있었다. 그동안 나는 엄마가 시킨 대로 흰 봉투에 부의금을 5만 원씩

나눠 담았고, 관을 운구한 아빠 친구들 한 명 한 명에게 교통비라는 명목으로 봉투를 내밀었다. 절대 안 받겠다며 도망가는 사람들 앞에 허무하게 서 있다가 다시 다른 사람에게 돈 봉투를 내미는 과정이 반복됐다. 친척들의 커피 취향을 물어보고, 함께 와준 친구들과 커피를 마시며 한숨 돌리기도 했다. 나는 친구들에게 올해의 계획을 물었지만, 정작 나의 계획에 대해선 말할 수 없었다. 아빠의 죽음 이후, 내 모든 계획에는 수정이 필요했다.

화장터 로비에서도 유골함을 판매 중이었다. 장례식장에서 내가 고른 40만 원짜리 유골함을 25만 원에 파는 걸 봤다. 금색 봉황이 그려진 그 자개 유골함은 장례식장에서는 제일 비싼 유골함이었다. 장례식장은 '이왕이면'이라는 심리가 작동하기 가장 좋은 곳이었다. 고인은 떠났고 생각할 시간은 충분하지 않은데 내가 할 수 있는 일이 고작 유골함을 고르는 것뿐이라면, '이왕이면' 좋은 걸 사야 했다(게다가 내가 뭘 고르는지 지켜보는 어른들이 등 뒤에 있었다). 고작 자개 무늬 몇 개 달라졌을 뿐인데 10~20만 원 차이가 나는 물건을 사는 일은 비합리적이었다. 그러나 장례식장은 합리적 소비가 통하지 않는 곳이다. 비싼 자개장을 팔아먹는 상조 회사에 잠시

짜증이 치밀어오는 것을 느끼며, 아빠의 유골이 40만 원짜리 유골함에 담겨 나오기만을 기다렸다.

　오랜 기다림에 비해 유골을 인수하는 수골 과정은 너무나 간단했다. 대기실 TV에 아빠의 화구 번호가 뜨자 우리는 모두 수골실로 이동했다. 수골실은 1평 정도의 작은 방이었다. 유리로 된 큰 창이 있었고, 그 너머에는 내가 고른 40만 원짜리 봉황 자개함에 아빠의 유골을 넣는 직원이 보였다. 우리가 할 일이라곤 이미 바스락거리는 뼛가루가 된 아빠가 작은 통에 옮겨지는 것을 유리창 너머로 보는 게 전부였다. 큰고모와 작은고모의 울음소리가 좁은 방을 가득 채웠다. 내게는 울음을 터트리기엔 너무 짧은 시간이었다.

　'이게 끝인가? 끝이구나.'

　손수건으로 눈물을 훔치던 엄마가 내 어깨를 꽉 잡았다. 슬퍼하지 말라는 가냘픈 악력이 느껴졌다. 그러나 문제는 그날 그 수골실에서 내가 아무런 감정도 느끼지 못했다는 것에 있었다.

장례를 치르는 동안 나는 눈물을 흘리지 않았다. 본래 의례란 것은 산 자를 위해 존재하는 법이다. 슬픔을 정화하고 털어놓을 카타르시스의 장이므로, 분명 어느 의례는 내게 도움이 되기도 했다. 그러나 불합리한 허례허식이 보일 때마다 애도에 집중하기가 힘들었다. 이 절차 안에서 내가 할 수 있는 건 거의 없었다. 단지 상업화된 장례 의식을 좇아가는 것이 전부였다. 이런 감정이 순간순간 치솟을 때마다 부끄러운 감정이 들었다. 아빠의 죽음 앞에서도 냉소를 감추지 못하는 나 자신을 질책하게 됐다.

유골함을 받아들고 추모공원으로 가기 위해 다시 버스를 탔다. 그동안에도 잡생각이 드는 것을 참을 수 없었다. 유골함은 엄청나게 무거웠고, 엄청나게 뜨거웠다. 체감 10kg 정도는 되는 것 같았다. 화장터에서 주차장으로 가는 길에, 유골함을 깨뜨리면 어떻게 될까를 상상하게 됐다.

버스 맨 앞자리에는 유가족을 위한 붉은 방석이 깔려 있었다. 나는 잠시 그 위에 유골함을 내려놓았다. 그러다 친척이 "그거 안고 타야 할 텐데?"라고 말하는 것을 듣고 다시 허겁지겁 안았다. 정신머리 없는 사람으로 보였으려나. 추모공원으로 가는 30분간 유골함은 점점 뜨거워졌다. 유골함을 올려둔 허벅지가 동그란 모양으로 화상을 입을 것만 같았다. 대체로 따뜻한 난로를 껴안고 있는 기분이었다. 3일간의 피로가 유골함에 기대졌다. 몇 분간 버스에서 자다 깨길 반복했다.

그러니까 나는 아빠의 죽음 앞에서도 조는 사람이었다.

얼마간 그 사실이 나를 괴롭혔다. 아빠의 유골함을 안고 졸았다는 사실이. 아빠를 충분히 사랑하지 않았나? 나는 감정이 없는 사이코패스인가? 나는 애도의 우선순위 따위를 모르는, 사회화가 덜 된 인간인가? 이런 고민을 하는 사람이 과연 나 하나일까?

아빠의 장례 후 나는 일종의 부채감과 죄책감을 반복해 겪었다. 스스로를 향한 질문이 쌓여갔지만, 쉽사리 해소되지 않았다. 그러다 한 가지 결론에 도달하게 되었다. 어쩌면 문제는 내가 아니라 상업화된 장례 문화일지도 모른다는 것이다.

세계 곳곳의 장례 문화를 탐방한 장의사 케이틀린 도티는 시체에 관한 다수의 저서를 통해 일반 소비자에게 혼란을 주는 미국 장의업의 현실을 지적한다. 대다수의 미국인들도 고인에게 어떤 화학물질이 주입되는지, 얼마짜리 납골함을 사야 하는지 알지 못한다. 내가 장례 과정을 겪으며 느끼는 감정과 크게 다르지 않았다. 유가족이 이해하기 어려운 복잡한 과정이 부연 설명 없이 빠른 속도로 진행되었으며, 육체가 뼈가 되고 가루가 되어 추모공원에 안치되는 동안에도 진정으로 고인을 애도할 수 있는 시간은 없었다. 매뉴얼대로 진행되는 절차 속에서 망자와 유가족 사이에는 수골실 유리창처럼 넘을 수 없는 투명한 벽이 있었다. 전문 직업인들은 매너리즘에 빠진 사람처럼 장례식을 준비했고, 나의 역할은 제때 '결제'하는 것에 불과했다.

미국 콜로라도주 크레스톤 지역에는 그 지역 주민들만을 위한 야외 화장터가 있다. 누군가 죽으면 주민이 모두 한자리에 모인다. 푸른 하늘이 펼쳐진 장작더미 위에서 망자는 불꽃과 함께 타오르고, 사람들이 한 명씩 나와 타닥거리는 장작 소리에 망자에 관한 이야기를 더한다. 육신이 재가 될 때까지 죽음 앞에 선 사람을 향한 산 자들의 목소리가 이어진다. 장례 절차를 사람들이 모두 함께하는 것이다. 그 과정을 거치고 나면 사람들은 슬픔이 아닌 새로운 방식으로 망자를 추억하게 된다. 크레스톤 주민들은 장례 절차에 지속적으로 참여해왔기에 누군가 세상을 떠났을 때 어떤 과정을 거쳐야 하는지도 정확하게 알고 있다. 유골 분쇄에도 종류가 나뉜다는 것을 알지조차 못한 나와는 다르다.

언젠가 파묘破墓를 지켜본 적이 있다. 선산에 묻힌 할머니의 묘지를 관리할 자손이 없어져 산골散骨을 하기 위해 모인 날이었다. 참고로 산골은 유골을 화장하여 땅에 묻거나 산이나 강, 바다에 뿌리는 일을 말한다. 묻힌 지 20년이 넘은 봉분을 파헤치기 전, 묘를 파는 사람들은 삽으로 세 번 땅을 두드렸다. 영혼이 놀라지 말라는 의미에서 하는 행위라고 했다. 삽으로 땅을 파다가 고운 흙과 화백토와 자갈이 나오면 곧 관이 나온다는 신호였다. 곡괭이로 살금살금 긁어내듯이 파자, 할머니의 뼛조각이 하나둘씩 모습을 드러내기 시작했다. 미리 챙겨온 보자기에 남아 있는 뼈를 신체의 모습대로 하나씩 맞춰나갔다.

"이 정도면 뼈가 잘 보존되었네요."

파묘를 도와준 전문가들은 수맥이 흐르는 곳이면 시신이 물에 잠겨 썩는 경우가 더러 있다고 했다. 그날 나는 할머니를 가까이서 볼 수 있었다. 육체가 뼈로 변하기까지의 수십 년의 세월을 상상했다. 할머니가 잠들어 있던 고운 흙 위에서 생전의 할머니를 떠올렸다. 파묘의 과정에서는 나는 소외감을 느끼지 않았다.

크레스톤의 화장이 모든 곳에 적용될 수는 없다. 파묘의 경험을 모두가 할 수 있는 것도 아니다. 다만 내가 생각하는 이상적인 장례의 형상을 설명하기엔 용이한 지점이 있다. 적어도 고인을 보내는 의례에 사람들이 자연스럽게 참여할 수 있으면 된다. 애도의 과정에 나와 망자와 유가족이 충분히 연결될 수 있다면, 딸이 아빠의 장례식에서 조는 일은 일어나지 않았을 것이다.

비정상적인 장례식

1인 가구, 비혼 가구 등 다양한 형태의 가족이 등장하는 시대, '정상 장례' 문화도 바뀌어야 할 때다. 현재 우리나라의 1인 가구는 약 30%에 달하며, 2047년에는 1인 가구와 2인 가구의 비율이 전체 가구의 60%에 달할 거란 통계도 있다. 대가족이 붕괴하고 결혼하지 않는 가구가 급속도로 늘어나고 있지만, 장례 문화는 유독 변화가 더디다. 장례는 대부분 갑작스럽게 치러지기 때문에 이때 전통적인 관습을 그대로 답습하는 경우가 많다. 예식의 당사자가 주체적으로 변화를 주도할 수 있는 결혼식과 달리, 장례식은 대상의 부재를 전제한다. 유가족이 변화를 주려고 해도 "괜히 초 치지 말아라" 이런 말을 듣기

십상이다.

당장 장례 문화를 바꿀 수는 없더라도, 내 장례식은 바꿀수 있지 않을까. 그러려면 미리 장례에 대한 가치관을 세워두는 게 중요하다. 내가 어떻게 죽을지 고민하고, 죽기 전에 내주변에 있을 사람들과 이를 공유할 수 있다면 더욱 좋을 것이다. 상주는 고인을 가장 사랑하는 사람이, 절차는 고인을 가장 잘 애도할 수 있는 방식으로 이뤄져야 한다. 그 방식은 사람마다, 가정마다 모두 다르다. 죽음이란 언제 우리 앞에 당도할지 모르기에 장례에 대한 가치관을 가지는 것이 여러모로 도움이 된다.

나의 장례를 떠올려보기로 한다. 망자가 직접 장례를 치를순 없으니, 내 장례는 나와 가장 가까운 사람이 담당하게 될것이다. 그리고 그건 아마 내 여동생이 될 것이다.

나는 비혼주의자 여성이므로, 사회가 말하는 '정상' 가족의 범주로 가정을 꾸려 아이를 낳게 될 일은 없을 것이다. 그러나 나는 발달 장애가 있는 여동생과 함께 사는 노년을 꿈꾼다. 아마 내가 죽게 된다면 내 죽음과 가장 가까운 곳에서, 장레를 담당해줄 사람도 내 동생이 될 확률이 높다. 수십 년이 흐르면 엄마는 세상을 떠났을 테고, 여동생도 할머니가 됐을 것이다. 그때쯤이면 동생이 나의 장례식을 어려움 없이 치를 수 있을까?

사실 장례는 분명 주변인들에게 부담이 된다. 장례 절차 자체에 회의적인 사람들은 자신의 장례가 치러지지 않기를 바라기도 한다. 그러나 나는 사랑하는 사람들을 위해서라도 마지막 송별회를 하고 싶다. 물론 지금처럼 '정상 가족' 중심의 장례, 또 남은 가족들이 많은 돈을 지불해야 하는 상업적인 장례를 의미하는 건 아니다. 내 동생이 홀로 남게 되더라도 충분히 가능할, 고인을 배웅할 수 있는 최소한의 애도법을 상상하게 된 이유다.

고령화가 일찍 시작된 일본에서는 이미 장례에 대한 다양한 대안이 등장했다. 일본 도쿄 도심에 있는 신주쿠구에는 고코쿠지라는 절이 있다. 이곳에 들어가면 2,000여 개의 불상이 LED 조명으로 반짝이는 납골당 '루리덴琉璃殿'이 있다. 현대미술관처럼 보이기도 하는 이 납골당은 부처의 지혜를 의미하는 빛과 일본의 사계를 배경으로 형상화한 곳이다. 이곳을 만든 주지 스님은 납골당이 쓸쓸하기보단 즐거운 분위기를 풍기며, 애도에 보다 집중할 수 있는 공간을 만들고 싶었다고 한다. 유족이 입구에서 망자 이름을 입력하면 고인의 불상에 흰 불빛이 들어온다. 불상 뒤에는 일반적인 다른 납골당처럼 유골함이 있다.

무엇보다 이곳에선 영대공양永代供養이 이뤄진다. 망자를 책임질 수 있는 자식이 없어도 절이 끝까지 유골을 책임진다는 의미다. 핵가족화가 진행되는 가부장제 질서로 인해 기존의 장례 문화 존속이 어려워지자 새롭게 등장하게 된 장례 문화의 일종이다. 대부분 불상은 미리 죽음을 준비한 사람들이 마련한 자리다. 자식에게 부담을 주고 싶지 않다는 생각이 강해지면서 자식이 있는 부모들이 생전에 계약한다.

살아가는 동안 교류한 친구들과 같이 묻히는 벚꽃장도 있다. 도쿄도 마치다시에 있는 이 묘지는 벚나무를 중심으로 형성된 정원 형태의 묘지다. 이곳에 묻히는 사람들은 생전에 교류해 친구가 된 사람들이다. 이른바 '묘지 친구'들과 함께 묻히는 것이다. 사이타마현에는 여성들만을 위한 공동묘지 나데시코(패랭이꽃, 일본인들이 여성을 비유적으로 표현할 때 사용)도 있다. 모두 자손이 돌보지 않아도 되는 영대공양을 기본으로 한다. 가족이 없는 사람도, 혼자 사는 여성도 걱정 없이 이승을 떠날 수 있다. 이렇듯이 1인 가구와 비혼 가구의 급증으로 장례에 대한 변화가 이미 구체적으로 형상화되고 있다.

한국에도 기존의 획일적 장례식과 색다른 서비스를 제공하는 기업이 있다. 장례문화기업 '꽃잠'은 낮은 비용으로 소박한 장례식을 치러준다. 꽃잠은 고인을 애도하고 유족의 슬픔을 달래는 장례에 집중한다. 빈소를 차리지 않고 입관식만 진행하는 '무빈소 화장식', 빈소를 하루만 쓰는 '하루장', 일반적인 삼일장을 모두 진행하는 '가족장'까지 총 세 가지 서비스를 제공한다. 꽃잠의 취지가 취지인 만큼 고객들 대부분이 무빈소 화장식을 이용한다.

초고령사회와 1인 가구의 확산에 따라, 고독사에 대한 불안과 걱정으로 연락을 주는 사람도 늘었다고 한다. 소규모 인원이 따뜻한 분위기에서 '조촐하지만 초라하지 않은' 장례를 치를 수 있다면 어떨까. 앞으로 점점 자신의 장례를 직접 준비하는 사람이 늘어날 것이다. 문상객 중심의 분향소, 남성 가족 중심의 조문 맞이, 싸늘한 안치실과 정적인 입관식까지. 어쩌면 이 모든 '정상 장례'는 생각보다 빠르게 대체될지도 모른다.

그러니 나는 상상한다. 육개장을 먹지 않아도, 남자 상주가 없어도 존엄하게 떠날 수 있는 장례식. 애도가 중심이 되는 간소화된 장례. '나 없는 송별회'가 이루어지는, 조금은 산뜻한 애도의 장을. 적어도 내가 죽고 없을 때도 고인을 애도함에 있어 성별이나 가정의 형태가 제약을 주지 않기를 바란다. 그렇게 나는 나의 죽음을 천천히 준비하기로 한다.

정확한 죽음을 상상하기

간호사 출신 승려 다마오키 묘유는 사람이 죽음을 향해 가는 과정을 '착지 상태'로 설명한다. 착지 상태는 죽기 전 약 3개월간 공통적으로 보이는 증상들이다. 일반적으로 발생하게 되는 현상이 바로 내향성 강화다. 사람을 만나고 싶다는 욕구도, 심지어 TV를 보고 싶다는 생각도 하지 않는다. 대신 자신의 삶을 정리하기 위해 노력한다. 식욕은 급감하며 죽음이 가까워짐에 따라 혈압과 심박수가 불안정해진다. 1~2주 전에는 가래가 많이 끓고, 하루 전에는 턱을 위아래로 움직이며 호흡을 하는 현상이 일어난다고 한다.

뉴욕 타임스에 실린 《죽음에 이르는 몇 가지 징후에 관하여》에서도 비슷한 내용을 다룬다. 이 기사에 따르면 죽음에 이르기까지 시간이 얼마나 걸리는지는 사람마다 다를 수 있지만, 죽기 전 몇 시간 동안은 유사한 과정을 겪는다고 한다. 가래 끓는 소리, 호흡곤란, 마지막 경련과 불안 증세 같은 것이다. 요즘 나는 사람이 죽기 직전에 구체적으로 어떤 증상을 앓게 되는지를 찾아 읽곤 한다. 아빠의 죽음을 구체적으로 상상해보기 위해서다.

아빠가 발견되기까진 30분 정도의 공백이 있었다. 때문에 아빠의 마지막 모습을 아는 사람은 아무도 없다. 갑작스러운 죽음이었지만, 원래 가지고 있던 지병을 생각하면 완전히 급작스러운 사망은 아니었다. 나는 아빠의 심장이 멎는 마지막 순간을 예상할 수 있었다. 그러나 어떤 식으로 멎었는지에 대한 정확한 장면은 영영 모를 것이다. 내가 할 수 있는 건 아빠가 극심한 고통을 겪지 않았을 거라고 믿는 것뿐이었다.

아빠에겐 심혈관질환과 협심증이 있었다. 유품을 정리하면서 아빠가 자주 입던 모든 외투와 바지 주머니, 가방에서 손가락 두 마디만 한 갈색 약병을 발견했다. 약병에는 꽃소금 한 알 정도 크기의 하얀 협심증 약이 반쯤 차 있었다. 언제 심혈관 마비가 올지 모르는 이에게는 생존과 직결된 약이었으리라. 그날은 이 약을 드시지 못해 돌아가셨으려나. 주머니에 있는 약마저 꺼낼 수 없을 정도로 극심한 고통을 겪었던 것은 아닐까. 그게 아니면 먹고도 효과를 보지 못한 걸까.

죽음의 징후 또 하나, 가래 끓는 소리. 나는 아빠의 가래 끓는 소리를 싫어했다. 밥 먹을 때마다, 일상생활을 할 때마다, 아래에서부터 올라오듯 끓는 가래 소리가 지저분하고 지긋지긋했다. 내가 싫어하던 아빠의 습관이 죽음의 징후였을지도 모른다는 생각을 이제야 한다. 가래 끓는 소리가 무언가를 삼키는 인간의 기본적 기능이 약해질 때 나는 소리라는 걸, 아주 뒤늦게 알게 됐다.

아무렇지 않게 일상을 보내다가도 아빠의 사소한 흔적을 마주한다. 그럴 때면 정확한 죽음을 상상하려 애쓴다. 그러나 아무리 상상해도 죽는 순간 아빠가 느꼈을 감정과 불안까지는 상상할 수 없다. 아무도 모르는 죽음을 혼자 겪어냈어야 했을 그 광활한 고독을 짐작조차 할 수 없다. 고통스러웠을까. 그 생각만큼은 외면하고 싶다. 그런데도 계속 상상한다. 내가 기억하지 않는다면, 아무도 그의 죽음을 신경 쓰지 않을 것 같았기 때문이다.

그러니 언제든 내게도 죽음이 찾아올 수 있음을 알게 되었다. 나는 갑작스럽게 죽을까, 천천히 고통스럽게 죽을까? 질병으로 죽을까? 사고로 죽을까? 어디에서 누구와 같이 죽을까? 죽음을 회피하지 않으면 오히려 담담해진다. 최악을 상상하면 어떤 상황이 닥쳐도 그럭저럭 담담할 수 있는 것처럼.

우리는 여전히
우리를 모르고

산초 된장찌개를 끓이며

죽기 전 단 하나의 음식을 먹을 수 있다면 산초 된장찌개를 끓일 것이다. 음식에 대해 말할 기회가 있을 때마다 산초 된장찌개에 관해 일장 연설을 늘어놓던 나지만 최근에는 그 열정이 한소끔 식었다. 산초 된장찌개를 아는 사람을 아직 만나지 못했을뿐더러, 설명해도 그 진가를 이해하지 못하기 때문이다. 다들 "산초? 추어탕에 들어가는 그 산초 가루? 그걸로 찌개를 만든다고?"라고 처음 들어본다는 표정을 짓는다. 산초 된장찌개는 산초 가루가 아니라 산초장아찌로 만든다고 설명해도 퍼뜩 머릿속에 그려지지 않는 모양이다.

산초 된장찌개는 아빠가 결혼하기 전부터 집에서 즐겨 먹던 음식이라고 했다. 전북 진안에서 많이 나는 산초는 인접한 충남 금산에서도 즐겨 먹는, 주로 약재와 향신료로 쓰이는 산초나무의 열매다. 포도 열매를 축소한 것처럼 생긴 산초는 완두콩만 한 산초 열매들이 옹기종기 한 송이에 모여 있고, 익기 전에는 초록색, 익은 후에는 갈색이나 붉은색을 띤다. 친가의 본적인 금산에는 잡초로 수북한 산길이나 들길 사이사이에 산초가 널리 퍼져 있다. 아빠는 1년에 한두 번 할머니 산소로 벌초를 하러 갈 때마다 산초 열매를 한가득 땄다. 돌아오는 길에는 금산장에도 꼭 들려 장을 한가득 본 뒤 무거운 손으로 집에 왔다. 봉지 안엔 주로 금산 할매들이 적벽강에서 채취한 다슬기나 신문지에 켜켜이 쌓인 인삼이 들어 있었다.

아빠에게선 벌초하느라 무릎에 짓이긴 풀 비린내와 흙내가 났다. 풀내가 가시기도 전에 아빠는 다슬기부터 손질해서 국을 끓였다. 밥솥만 한 냄비에 썰지 않은 부추와 된장을 풀어 약불에 하루를 푹 끓인 다슬기 된장국은 민물 다슬기의 깊은 맛이 우러나 국물이 일품이었다. 다른 반찬도 필요 없이 된장에 눅진해진 부추를 후루룩 넘기며 밥을 말면 금세 한 그릇을 비울 수 있었다. 국물을 우려내는 제 몫을 다한 다슬기는 따로 삭혀 보관해 반찬이나 술안주로 먹었다. 어린 시절에는 효도랍시고 다슬기 똥까지 길게 빼서 대여섯 개를 끼운 이쑤시개 꼬치를 아빠에게 건네곤 했다. 그럼 아빠는 "네가 벌써 다 커서 이런 걸 주네"라고 말하며 호쾌하게 웃었다. 나는 대단한 일이라도 한 듯이 뿌듯함을 숨기지 못했다. 내가 그런 것을 못 견뎌 하는 성인이 됐을 땐 그저 다슬기를 술안주 삼아 아빠와 조용히 소주를 마시는 게 다였다.

다슬기 된장국도 좋아했지만, 내가 가장 좋아하는 것은 언제나 산초 된장찌개였다. 푸른빛이 도는 산초 열매를 담금통에 담아 간장에 절여 숙성시키면, 맵고 싸한 맛이 짭짤하게 중화된 감칠맛 나는 장아찌가 된다. 산초장아찌는 본래 사찰에서 죽 반찬으로 즐겨 먹었다지만, 우리 집에서는 오직 산초 된장찌개를 만드는 데만 쓰였다. 산초장아찌와 잘게 썬 돼지고기, 향을 돋우는 표고버섯이 들어가는 게 아빠 스타일이다. 강된장처럼 짜고 자작하게 끓여 먹는데, 숟가락에 산초 열매 몇 줄기와 버섯, 고기를 올려 밥 한 숟갈과 먹는 게 제일이다. 산초가 입 안에서 오독오독 씹히며 특유의 알싸한 향이 코 끝에 퍼지면 기본으로 밥 두 공기는 해치울 수 있었다.

뒤늦게 산초 된장찌개를 좋아하는 나 때문에 아빠가 매년 금산엘 다녀와 장아찌를 담그게 된 것일지도 모른다는 생각을 한다. 무뚝뚝한 부녀가 감정을 표현하고 대화를 주고받는 데엔 산초 된장찌개만 한 것이 없었다. 스물에 상경한 뒤로 나는 드문드문 집으로 갔다. 가끔 집에 갈 때면, 꼭 동생에게 전화를 걸어 "언니 이번 주에 내려가니까 아빠한테도 말해줘"라고 전하곤 했다. 동생은 아빠가 항상 내가 오는 시간을 정확하게 확인했다고 했다. 그래야 집에 도착하자마자 식지 않은 따뜻한 찌개를 먹일 수 있다면서.

아빠가 요리를 잘하는 이유는 본인이 미식가이기도 했고, 일하는 시간보다 집에 머무는 시간이 많았기 때문이기도 했다. 내가 집으로 갈 때마다 아빠가 산초 된장찌개를 끓인 이유는 내가 그것을 좋아했기 때문이기도 했고, 그만큼 내가 드물게 집에 내려갔기 때문이기도 했다. 이제 나는 아빠를 떠올릴 때 산초 된장찌개를 떠올린다. 그것 외에 우리 사이에 남은 기억이 별로 없었다.

가끔 먹고사는 문제로 귀결되는 아빠의 삶이 지겹게 느껴질 때가 있었다. 취미도 없고 인생의 낙이라곤 먹고 마시는 일이 전부처럼 보이는 게 답답했다. 그건 내가 집에서 독립하고 성인이 되어 나름의 취향을 쌓아가던 시기와 겹쳤다. 멋진 취향을 가진 어른을 만나면 자연스레 그들과 아빠를 비교하게 됐다. 집 밖의 세상이 전부였던 철없는 시기의 나는 어쩌면 아빠의 식도락이 아니라 우리네 인생 자체를 자조했던 것일지도 모른다.

그런데도 산초 된장찌개는 결국 내 소울푸드가 되었다. 어떤 시절의 기억은 나의 의지와 상관없이 짠내가 오래도록 가시지 않는 매운 산초 향으로 남는다.

* * *

아빠의 장례를 치르고 돌아온 집은 텅 빈 듯 공허함이 감돌았다. 며칠간 주방 근처에도 가지 않고 배달 음식만 시켜 먹던 우리는 베란다에서 아빠가 담근 산초장아찌 한 통을 발견했다. 그러고 보니 아빠는 죽기 일주일 전, 간만에 금산엘 다녀왔다. 그때 아빠는 산초와 다슬기는 물론, 인삼까지 잔뜩 사 들고 왔다. 갑작스러운 이별을 짐작이라도 한 듯, 담금통엔 꽉 채워진 산초장아찌가 한가득이었다.

엄마는 그 산초장아찌로 된장찌개를 끓였다. 아빠가 해준 것과 흡사했지만 미묘하게 달랐다. 나는 그것을 먹으며 불현듯 이 장아찌가 마지막이라는 사실을 깨달았다. 우리는 아빠가 어디서 산초를 땄는지도 모르고, 안다 해도 굳이 따러 가지 않을 것이며, 장아찌를 담그는 일도 없을 것이다. 이걸 다 먹으면 정말 끝이라는 생각에 간신히 울음을 삼켜야 했다.

문득 어떤 드라마의 한 장면이 떠오른다. 부인을 잃은 남편이 벽장 안에서 발리볼을 발견하는 에피소드가 있었다. 아내의 모든 것을 정리하고 버렸지만, 남편은 그 발리볼만큼은 버리지 못했다. 아내가 살아 있을 때 입김을 불어 넣은 발리볼, 그곳엔 사랑하는 사람의 숨결이 들어 있다. 유품을 아무리 열심히 정리해도, 갑자기 마주친 흔적에 인간은 손쉽게 무너져버리고 만다. 발리볼이 사랑했던 사람이 살아 있었다는 증거인 것처럼, 아빠의 산초장아찌가 내겐 아빠가 살아 있었다는 증거가 되었다.

***

아빠의 죽음 이후 내가 혼란에 빠졌던 것은 누군가를 기억하는 일에 처절하게 실패했다는 자괴감 때문이었다. 우리 사이엔 제대로 된 추억이 없는데, 홀로 남아 아빠를 기억해야 한다는 것이 무서웠다. 내가 아빠를 왜곡하면 어떡하지? 그러다 제대로 된 아빠의 기억이 하나도 남지 않으면 어떡하지? 아빠의 죽음 직후 나는 그런 것들이 두려웠다.

아빠의 죽음으로부터 다시 얼마간의 시간이 더 흐른 뒤에야 알게 된 것이 있다. 시간이 흘러도 언제나 그 자리에 숨결처럼 머무르는 것들이 있다. 그건 내가 그토록 지루해했던, 먹고사는 기억이었다.

지긋지긋해도 결국 살아 있다는 건 끼니를 때우는 거라고, 어떤 사람을 기억하는 방식은 그때 먹은, 혹은 먹지 못한 밥과 국이 될 수 있다는 걸 이젠 조금 알게 되었다. 빠르게 희미해지는 아빠와의 기억 대부분이 밥이라는 사실이 서글플 때도 있다. 하지만 그것이 행복이 아니라면 또 어떤 게 행복일까? 아빠의 입에 다슬기 꼬치를 넣어준 추억이 있어 다행이라고 안도한다. 사라진 것을 기억하고자 나는 주방으로 들어선다. 산초장아찌가 상하지 않도록 된장찌개를 맛있게 끓여서 먹어야 한다. 그것이 나에겐 애도다.

나는 아빠를 애도하기 위해, 산초 된장찌개를 끓이는 방법을 제대로 익혀야겠다고 다짐했다. 내 일상에서 산초 된장찌개가 사라진 미래가 오면, 그때는 아무도 아빠를 기억하지 못할 것만 같았다. 금산 출신의 자존심이 센 어떤 남자에 대해서, 남편과 가장으로서는 썩 별로였지만 요리 하나는 기가 막히게 잘했던 어떤 남자에 대해서. 나는 발리볼 안의 숨이 사라지고, 담금통의 장아찌가 다 사라질 때를 마냥 기다리며 보고 있진 않을 것이다.

*　*　*

그렇게 마지막 산초장아찌의 뚜껑을 연다. 된장을 푼 뚝배기에 장아찌 반 국자를 퍼 팔팔 끓는 물에 휘두른다. 검게 간장을 머금은 산초들이 돼지고기와 보글보글 끓으면 짭짤한 증기가 콧속으로 스민다. 한 숟갈 떠서 간을 본다. 아직 아빠가 해준 것과는 맛이 다르지만, 이 장아찌 한 통을 다 쓰기 전까지는 아빠의 맛을 찾을 수 있겠지. 이렇게 조금씩 아빠를 기억하기로 한다.

금산으로 가는 징검다리

할머니의 장례를 치르던 수십 년 전 그날, 금산은 흐렸다. 한 무리의 사람들이 검은 상복을 입고 풀숲을 헤쳐 올라갔다. 시야가 낮은 나에게는 흙탕물로 까맣게 물든 여자들의 치맛단이 유독 잘 보였다. 사촌 오빠는 기다란 나뭇가지를 하나 줍고는 잡초들을 쳐내며 앞장섰다. 올라갈 때까지만 해도 고요하던 산골짜기에 통곡 소리가 울려 퍼진 건 할머니의 관을 땅속에 묻을 때였다. 장례지도사는 매장하기 전 관을 열어 염습한 할머니를 마주할 최후의 시간을 줬다. 엄마는 내 눈을 가리려 했지만 나는 그 손을 뿌리쳤다. 그렇게 할머니가 영영 끝이 보이지 않는 깊숙한 아래로 내려가는 것을 보았다. 아홉 살의 나는 상황 파악이 안 되는 얼굴로 "눈물이 안 나요, 엄마"라고 말했다. 엄마는 그런 나를 내려다보며 우는 눈으로 웃었다.

이후 금산의 묘는 아빠의 몫이 되었다. 아빠는 2남 3녀 중 막내였다. 첫째 누나와 둘째 형은 지병으로 먼저 세상을 떠나고 두 누나는 서울과 문경에서 각자의 삶을 버티고 있었다. 유일한 아들이 된 아빠가 제사와 벌초를 도맡게 되었다. 아빠는 면허가 없어서, 운전하는 젊은 조카와 어린 나를 데리고 매년 금산으로 향했다. 벌초 후 소주를 마시며 벌건 얼굴로 "내가 죽으면 네가 여기 와서 할머니를 챙겨야 한다"라고 다그치는 아빠의 말과 술 냄새가 싫었지만, 아주 먼 이야기 같아 대충 든든한 장녀 흉내를 냈다. 내가 교복을 입고 공부 핑계를 대며 벌초를 피하기 시작할 무렵부터는 아빠와 운전대를 잡은 조카 둘이서만 금산으로 갔다. 나 없이 금산을 다녀온 아빠에게서는 여전히 풀 비린내와 흙냄새가 진동했다.

"나도 금산에 묻히고 싶어."

언젠가 아빠는 금산에 묻히고 싶다는 말을 했다. 그런 아빠의 의견에 엄마는 대수롭지 않게 말했다.

"나는 화장시켜줘. 느이 아빠는 금산에 못자리 두 개를 사 났다는데, 멀기만 한 그곳에 묻힐 일이 뭐가 있니?"

부모의 부모가 묻힐 곳을 떠올리는 것도, 내 부모의 장례 계획에 대해 듣는 것도 당시 나에겐 낯설었다. 부모의 죽음을 생각하는 것은 최대한 미루고 싶은 일이었다. 그러나 내게 주어진 숙제를 미룰 수 없었으므로 그날의 대화를 통해 후련한 마음이 들기도 했다. 죽음을 제외한 채로 제대로 된 미래를 그릴 수는 없었다.

다만 어떤 미래는 너무 빨리 찾아온다. 아빠는 갑작스럽게 세상을 떠났다. 우리에게는 아빠의 예상 사망 시각을 추측해 볼 수 있는 CCTV만이 남았다. 아빠는 오롯이 홀로 마지막 숨을 내쉬었고 금산에 묻히지도 못했으며 집에서 가장 가까운 평택 추모공원으로 안치되었다. 장지로 가는 버스 안에서 나는 문득 20년 전 금산을 떠올렸던 것 같다. 죽음을 몰라 제대로 울 수조차 없었던 9살의 나와 현재의 나 사이엔 분명한 격차가 있었다. 습관처럼 아빠의 마지막을 떠올렸다. 세상과 작별하는 순간마저 철저히 혼자였을 아빠를 떠올리며 뒤늦게 나는 틈만 나면 울었다.

사실 나는 아빠를 좋아하지도, 아빠와 친하지도 않았다. 뜻밖의 죽음이 내 삶의 방향을 완전히 바꿔놓았다는 것을 인정해야만 했다. 아빠는 죽기 바로 직전, 금산엘 다녀왔다. 집에는 벌초할 때 따온 산초 열매로 만든 장아찌가 새것처럼 베란다에 있었다. 다 끝난 후에야 모든 것이 확실한 징후처럼 보인다. 혹시 우리에게만 그 죽음이 갑작스러웠던 걸까. 아빠에게는 자신의 죽음이 갑작스러운 일이 아니었을 수 있다는 가정이 내내 나를 괴롭혔다.

죄책감이 나를 거듭 붙들었다. 뜨거운 재가 된 이후에야 아빠를 안아본 것이, 제대로 아빠의 삶과 이야기를 들어보지도 못했지만 이젠 들을 기회마저 사라진 것이, 앞으로 아빠를 제대로 기억하지 못하리란 걱정과 금산에 아빠를 묻지 못한 것마저. 이 모든 후회가 내게 남았다. 슬픔의 이유가 하나씩 늘어나며 감당 불가능할 만큼 많아졌을 때, 아이러니하게도 나는 비로소 울지 않게 되었다.

금산의 금은 쇠 금金이 아니라, 비단 금錦 자라고 한다. 금과 비단이 합쳐진, 오색이 빛나는 비단 같은 산이라고 금산이다. 하지만 비단처럼 아름다운 금산은 내 인생에선 그리 좋은 장소가 아니다. 다시 가고 싶은 곳도 아니다. 그래서 나는 이렇게 쓴다. 쓰지 않으면 영영 잃어버릴 그 장소를 억지로라도 기억하기 위해 적는다. 물어볼 기회도 없이 끝나버린 한 사람의 우주가 아쉬워서 적는다. 내가 서툰 글로 징검다리를 만들어두지 않으면, 아빠와 금산을 기억할 방법이 사라질까 봐 이렇게 적는다. 언젠가 내가 아빠를 대신해 할머니의 묘에 갈 때는 이 징검다리를 밟고 가기를 바란다.

죽은 자의 짐 정리

발인을 하고 3일이 지난 뒤에야 아빠의 방을 정리하기 시작했다. 엄마는 그 방에 들어가기조차 싫어했다. 청소는 내가 맡았다. '사실상 이혼' 상황을 유지하던 우리 집에서 아빠의 작은 방은 고립된 무인도와 같았다. 아빠의 방은 거북이 등딱지 속처럼 어둡고 좁았다. 언제나 커튼이 쳐져 있었기에 빛한 줄기 들어오지 않았다. 2교대로 일하는 아빠의 밤낮이 우리와 다른 탓이었다. 방에서는 무언가 다른 냄새가 났다. 뜨거운 보일러 바닥 위에서 오래 묵은 이불과 나프탈렌이 뒤섞인 그런 냄새였다. 그 방에 있으면 시간이 더디게 갔다.

처음엔 100L 봉지에 옷부터 담았다. 겨울 패딩부터 자주 입던 가죽 재킷, 해진 청바지와 목도리까지. 아빠의 방엔 사 계절의 옷이 한꺼번에 걸려 있었다. 계절별로 옷을 정리할만 한 수납공간이 없었던 탓이었다. 방을 정리하다가 방 한가운 데 우두커니 서 있어보기도 했다. 아빠의 모든 물건이 한눈에 보일 정도로 가까운 곳에, 손을 뻗으면 곧장 닿을 수 있는 곳 에 있었다. 죽음은 삶을 드러낸다. 가난한 사람은 자신을 숨 기는 것에도 돈이 드는 법이다. 보여주고픈 모습만 보여주려 면 여분의 공간이 필요하지만, 아빠의 방은 자신을 숨기는 데 철저히 실패했다.

방을 정리하며 아빠의 사생활과 단숨에 마주쳤다. 체크카 드 기록이 적혀 있는 통장, 내가 볼 필요가 없었던 낙서와 영 수증. 그곳엔 언젠가 내가 아빠 생일날, 딸로서의 부채감에 썼던 생일 축하 카드도 있었고, 내 대학 시절 성적표도 있었 다. 미처 온라인 수령으로 바꾸지 못해 집으로 간 성적표였 다. 아빠는 대학 간 딸의 A 몇 개에 내가 성적 장학생이라도 되는 것마냥 주변에 자랑을 하고 다녔다. 출입국 도장이 한 번도 찍히지 못한 여권도 있었다. 몇십 년 전에 만들어진 여 권이었다. 한 번도 한국을 떠난 적 없던 아빠는 어쩌다 이 여권을 만들었을까. 아빠가 가고 싶어 하는 나라가 있었을까. 여태껏 궁금해한 적도 없던 질문이 아빠가 떠나고서야 치솟는다. 죽은 사람의 방을 정리한다는 것은 그런 일이었다. 사용기한이 만료된 질문과 수없이 마주하는 일.

　아빠가 죽던 날 소지하고 있던 물건들은 정리가 더 까다로웠다. 그 물건들이 계속 나의 머릿속을 헤집었던 탓이다. 아빠의 작은 크로스백에는 온갖 약과 혈당 체크 기구, 알사탕과 초콜릿 같은 주전부리들이 있었다. 야간 근무를 하며 적어둔 업무 메모도 있었다. 실장 욕 같은 것도 그 메모의 일부였다. 나는 새벽의 경비실에서 사탕을 까먹는 외로운 아빠를 떠올리는 일을 이제 그만 멈추고 싶었다. 수많은 약봉지들이 내 머릿속에 들어앉았다. 끼니마다 챙겨 먹어야 하는 약들이 가방에 가득했다. 그 중엔 협심증 약인 갈색 통도 있었다. 나는 그날 짐 정리를 하며 갈색 약통과 셀 수 없이 마주쳤다. 자주 입는 재킷의 안주머니, 온갖 가방들. 그것은 생의 흔적이었다. 또한 아빠가 생각보다 더 죽음과 가까운 삶을 살았다는 증거였다.

　아빠의 병을 처음으로 알게 된 것은 2017년이었다. 추석 즈음 아빠가 협심증으로 쓰러졌다. 파주에서 근무 중이던 나는 휴가를 내고 늙은 아빠와 대형 병원으로 갔다. 그날 처음으로 내가 어른이 되었음을 실감했다. 정확히는 어른이 '되어야만' 하는 이유였다. 병원 진료를 마친 우리는 관상동맥 조형술 예약을 하고 닭볶음탕을 먹으러 갔다. 단둘이 외식을 하는 건 몇 년 만이었다. 아빠에게 병원비 걱정은 하지 말라는 말을 덧붙이며 용돈 100만 원을 내밀었다. 그때 아빠는 당신 보험의 존재를 내게 처음으로 알렸다. 심장질환 관련해서 미리 들어둔 보험이라고 했다. 버릇처럼 아빠는 "내가 오래 살아서 뭐하냐? 빨리 죽어야지…"라고 말했다. 그 말을 하고 2년을 채우지 못하고 아빠는 세상을 떠났다. 삶은 예상할 수 없는 일로 가득했다. 한편으로는 모든 게 예상 가능하기도 했다. 바꿀 수 있었음에도 더 잘하지 못했다는 미련이 나를 계속 좌절케 했다.

실은 아빠의 짐을 정리하며 내가 모르는 아빠의 삶을 발견하기도 했다. 친구들과 있을 때의 아빠, 20대 시절의 아빠, 결혼하기 전의 아빠……. 그 사진을 보며 닭볶음탕을 먹으러 갔던 2017년을 다시 떠올렸다. 그때 아빠는 파주에서 근무하는 나에게 자신도 파주와 동두천에서 군 생활을 했다는 말을 꺼냈다. 아빠의 군 생활에 대해 들은 건 그날이 처음이자 마지막이었다. 나는 아직도 아빠를 잘 모른다. 알아야 할 것이 여전히 많았다.

나는 아빠를 동정했다. 아빠를 불쌍히 여겼다. 그러나 사실 그는 자신의 삶을 살아낸 사람이었다. 아빠를 동정하는 건 주체적으로 살아간 아빠의 삶을 무시하는, 무례한 일이었다.

그러니 그저 담담히 아빠의 삶을 정리할 뿐이다. 아빠를 동정하지도 미화하지도 않고, 그를 기억하는 일이 내게 남은 숙제다. 아빠의 알사탕과 협심증 약은 버린 지 오래다. 대신 아빠의 여권과 군 시절 사진, 산악회 수첩은 한편에 보관해두었다. 언젠가 아빠에 대해 새로운 정보를 알게 될 때까지 간직해야 할 것들이었다. 조각조각 흩어진 정보를 간직해두면, 어느 날 문득 자신의 삶을 살다 간 어떤 남자에 대해 조금 더 입체적으로 이해하게 될지도 모르는 일이다.

먹고 사는 일에 관하여

병원에서 아빠의 옷과 소지품을 건네줬다. 아빠의 재킷 속에는 휴대폰이 있었다. 스마트폰 대신 폴더폰을 쓰는 아빠는 카카오톡의 존재조차 알지 못했다. 꾸역꾸역 모든 연락을 문자와 전화로 하는 사람이었다. 나는 폴더폰 속 아빠의 문자 기록을 훑어보았다. 체크카드 거래 내역이 쌓인 문자들이 눈에 들어왔다. 신용불량으로 신용카드 발급이 정지된 아빠는 체크카드로 생활을 했다. 날짜와 시간별로 이어지는 구매 항목을 보니 아빠의 동선과 삶이 낱낱이 보였다. 죽기 전날 아빠는 약국에 들렀다. 그 흔적대로 아빠의 가방 안엔 약봉지가 하나 들어 있었다. 그 위에는 기침이라는 글자가 선명히 적혀 있었다. 나는 계속해서 구매 내역을 읽었다.

GS25 편의점, OO 족발집, XX 수입코너……

아빠는 오래전부터 XX 수입코너의 단골이었다. 우리 동
네는 미군 부대 근처에 위치하고 있었는데, 그래서인지 수입
코너가 많았다. 아빠는 그곳에서 부대찌개에 들어가는 소시
지나 다진 고기, 대형 통조림에 들어가 있는 햄, 콩조림, 50개
묶음의 체다치즈 같은 것을 사서 기름진 미국 음식을 만들었
다. 가끔은 버터에 소고기를 구워 그 위에 치즈를 올려주는
별미를 요리해주기도 했다. 그 요리는 프라이팬이 아니라 횟
집에서 옥수수 콘버터를 할 때 쓰는 철판에 했다. 그런 것이
우리 집에 있었다. 집은 좁고 부엌은 찌들었으며 상은 좁았지
만, 치즈를 올린 소고기가 밥상에 오르는 날엔 풍족해지는 느
낌이 들었다.

장례식 때 엄마는 친척들 혹은 지인들과 아빠에 관한 이야
기를 쉴 새 없이 나누었다. 나조차도 난생처음 듣는 이야기가
적지 않았다. 그중에는 내가 한두 살 무렵이던, 그러니까 무
려 30년 전의 일도 포함되어 있었다. 결혼한 지 얼마 안 됐을

무렵 두 사람은 신혼집에 엄마의 친구들을 초대했다고 한다. 아빠는 그들을 위해 한 상 가득 요리해준 뒤에 자리를 피해주었다. 북어찜을 하고 크래커 위에 치즈와 햄을 올린 카나페를 만들었다. 요즘에야 카나페가 흔하지만, 그 시절에는 익숙하지 않은 음식이었기에 엄마의 친구들은 두고두고 카나페 이야기를 꺼냈다.

요리를 즐기던 아빠의 또 다른 별식이 문어숙회였다. 야간 근무를 서다가 집으로 돌아온 아빠는 반주를 하며 하나하나 편을 썰어 문어를 즐기곤 했다. 장례식 이튿날, 제사상에 아빠가 좋아하는 음식을 올릴 수 있으니 미리 준비해두라는 장례지도사의 말을 들었다. 우리 세 모녀가 어렵지 않게 생각해낸 것이 바로 문어였다. 근처 마트에서 데친 문어를 사다가 제사상에 올렸다.

인생은 참 종잡을 수 없다. 아빠가 갑작스러운 죽음을 맞은 해에 내가 가장 잘한 일이 아빠의 생일상을 차려준 기억이 되었으니 말이다. 생과 죽음은 협소한 간격으로 들이닥친다. 세상을 떠나기 불과 몇 주 전이 아빠의 생일이었던 것처럼. 한평생 그렇게까지 아빠의 생일을 챙겨준 적이 없었는데 그해는 참 이상했다. 문어를 썰고 불고기도 하고 잡채도 하고, 우리 나름의 진수성찬을 차렸다. 코스트코에서 산 문어는 생일 이후로도 아빠의 반주상 위로 모습을 드러냈다. 그게 뭐 별거라고 귀한 것처럼 조금씩 아껴먹었다. 그래서 냉장고에 문어가 남아 있는 것이다. 아빠는 없는데 문어는 있게 된 것이다.

　장례식이 끝나고 집으로 돌아왔을 때 우리가 마주하게 된 것은 지나치게 많은 흔적들이었다. 우리는 오랜 시간을 한 집에 머물렀으니까, 나와 엄마 그리고 동생이 남긴 흔적만큼 아빠의 흔적도 어디에나 남아 있었다. 살아간다는 것은 지나치게 많은 것을 남기기 마련이다. 그러나 그중에서도 가장 아빠의 삶이 많이 남아 있는 곳이 냉장고였다. 좁디좁은 냉장실엔 플라스틱 통에 든 문어가, 냉동실엔 여전히 체다치즈가 한가득 남아 있다. 그러니 치즈를 올린 소고기 요리를 해주던 아빠, 수입코너에 자주 들르던 아빠에 관한 기억도 냉동되어 함께 남아 있다. 냉장고에 남은 아빠의 흔적들. 요리를 좋아하고 즐기던 그곳이야말로 순전히 아빠의 공간이었다.

　아빠의 마지막 생일상을 차려줄 수 있어 다행이다. 아빠가 좋아하는 음식을 기억할 수 있어서 다행이다. 그 이후 나는 가족이 좋아하는 것을 메모장에 기록하는 습관이 생겼다. 가족이니까, 우린 가족이니까. 무슨 음식을 좋아하는지 어떤 취향을 가지고 사는지 정도는 제대로 알아야겠다고.

엄마는 차갑고 쫄깃한 음식을 좋아한다. 도가니 수육을 좋아하고 족발을 좋아한다. 언 참치나 연어도 좋아한다. 버블티를 의외로 잘 마시고 호불호가 갈리는 아보카도도 좋아한다. 아는 것이 많을수록 남길 수 있는 것이 많아진다는 걸 나는 뒤늦게 알게 되었다.

직장에서 죽지 않는 법

엄마는 엄마의 본가가 있는 안동으로 가서 마음의 위안을 얻
곤 했다. 그러던 어느 날은 외할아버지의 푸르딩딩한 손을 보
게 됐다고 한다. 일하다가 다쳤다는 할아버지의 손은 못에 찔
려 풍선처럼 부풀어 있었다. 손이 그 모양인데도 병원에 안
가고 허술한 자가 치료로 버티고 있었다. 몇 번의 실랑이 끝
에 엄마는 간신히 할아버지를 데리고 피부과로 갔다. 병원에
서도 할아버지는 한사코 손 치료를 거부했다. 이러다 파상풍
이라도 오면 어떡하냐고 다그치는데도 할아버지의 걱정은 단
하나뿐이었다.

"손에 그거를 하고 일을 우예 가노?"

그 말에 엄마는 눈물이 차오르는 걸 간신히 참았댔다. 일을 하지 못하게 될까 봐 치료는커녕 병원조차 가지 않으려 했던 할아버지의 나이는 그해 여든넷이었다. 연세에 비해 정정하신 편이라, 몇 년째 집 근처 추모공원에서 아르바이트를 하셨다. 주 업무는 추모객들이 두고 간 조화를 정리하고 잡초를 뽑는 것이었다. 할아버지는 그 나이에도 일을 한다는 나름의 자부심이 있었다. 자신의 삶을 여전히 스스로 책임지고 있다는 뿌듯함이었다. 할아버지는 손을 치료하면서도 의사에게 계속 "깁스는 안 된다"라고 당부했다고 한다.

여동생이 피자 프랜차이즈에서 일하기 시작한 지도 반년이 되어간다. 근무 시간은 10시부터 14시, 총 4시간이다. 기존에 일하던 공장이 파산하고 1년간 직장을 구하지 못해서 몇 번이나 근로복지공단을 찾기도 했다. 그 피자 프랜차이즈도 장애인 채용 알선의 일환으로 간신히 얻은 일자리였다. 근무 시간과 월급 같은 근로 조건이 애매했지만 가릴 처지가 아니었다. 엄마와 나는 일이 어렵지 않다는 동생의 말에 안도했다. 그러나 얼마 후, 동생만 유일하게 점심을 못 먹는다는 사실을 알고 격분했다. 일하는 시간이 짧은 동생에게는 점심을 제공하지 않는다는 것이다. 직원들끼리 밥을 먹을 때도, 동생은 끼니를 거른 채 계속 일해야 했다.

우리의 성화에 못 이겨 매니저에게 식대 제공을 문의한 동생은 "근무 4시간 초과일 경우에만 식대 제공"이라는 답변을 받았다. 교묘한 커트라인이었다. 매일 30분 일찍 출근해서 매장 청소를 하는 시간은 당연히 근무 시간에 포함되지 않았다. 결국 공단 공무원이 피자 프랜차이즈 본사에 연락해준 끝에 선심 쓰듯 식사를 받을 수 있었다. 메뉴는 항상 동일했다.

할아버지는 깁스를 안 했고 동생은 점심을 먹는다. 해결된 듯 보이지만 쉬이 답답함이 가시지 않는다. 운이 좋아서, 회사가 선심을 써줘서, '어쩌다가' 해결된 문제들. 가장 안타까운 것은 주변에서 문제를 제기하기 전까지 그게 문제인지조차 인식하지 못한 당사자들의 '자기 탓'이었다. 내가 건강하지 못해서, 내가 부족해서, 회사와 가족에게 피해를 줄까 봐 아무 말도 하지 못하고 조용히 침묵하는 사람들. 쉽게 내 무능력을 탓하고, 죄책감 때문에 누구에게도 말하지 못하는 근로자들. 이곳마저 다니지 못하게 될까 봐, 나의 일상을 무사히

2부 _ 우리는 여전히 우리를 모르고

지켜내지 못하게 될까 봐. 그 불안 때문이었다.

***

[메모] 유족급여 산재 신청 관련

신청 사유: 과로사

해당 근거: 2교대 야간 근무로 인한 건강 악화. 한 달 전 해고 통
보로 인한 스트레스 축적

아빠의 친구가 노무사를 한 명 소개해줬다. 그와 면담하기
전, 어떤 말을 해야 하는지 상황을 정리해보려 했다. 심근경
색이 있었기에 기존 병력이 유족급여 신청에 문제가 되진 않
을지 걱정이 됐다. 유사사례를 알아보니 심근경색 같은 뇌심
혈관 질환이 있는 경우에는 과로만 인정되면 산재 처리가 된
다고 했다. 과로도 급성·단기·만성 과로로 세분되었다. 얼핏
보기에 아빠는 모든 과로의 조건을 다 충족하는 듯했다. 야간
근무, 해고 통보 등……. 노무사를 만나면 유사사례에서 승소
한 경험이 있는지도 물어봐야겠다는 생각을 하며 노무사 사
무실로 향했다.

"이 정도면 사실 몹시 어렵죠. 더 심한 이유로 죽고 다쳐도 승인받기가 얼마나 어려운데. 몇 달을 매달려야 간신히 될까 말까예요."

면담은 예상과 달랐다. 노무사는 아빠의 죽음에 '이 정도'로는 부족하다며 '적당한 정도'의 승소 케이스를 보여줬다. 그중 하나는 공사장에서 포크레인에 떨어져 하반신이 마비가 된 사람의 산재 승인이었다.

"이분 동료부터 해서 샅샅이 조사했어요. 이분은 그래도 살아계시잖아요? 유족급여는 당사자가 죽어서 입증하기도 까다로워요. 과로사를 증명하기 쉽지 않거든요."

'산재 신청이라는 게 그렇게 쉬운 줄 알았어?'라는 뉘앙스였다. 한편으로는 기시감이 들었다. 고압적인 태도, 가르치려는 말투, 내가 어떤 말을 하면 '넌 정말 아무것도 모르는구나' 무시하는 듯한 모습. 장례식 이후 만난 모든 중년의 남성들이 나를 비슷하게 대했다. 사무실에서 벗어나고 싶어 괜히 내 앞에 놓인 종이컵만 매만졌다. "네네 그렇죠, 알겠습니다"라고 대답하면서도 속으로는 생각했다.

'자격 미달이라고 하기엔 사람이 죽었잖아? 사망보다 더 충족되는 자격이 어디 있어?'

아빠는 얼마만큼 더 확실해야 했을까? 확실한 과로사 판정을 받을 수 있도록 '제대로' 초과 근무를 해야 했나? 왜 나는 다른 '확실한 죽음'과 아빠의 죽음의 무게를 비교하며 저울질하고 있을까? 혼란스러운 감정이 머릿속을 헤집고 다녔다. 그날 면담의 수확은 납처럼 무거운 무력감이 전부였다.

'이 정도로는 승인이 안 되구나.'
'애초에 아빠와 친하게 지냈어야지.'
'어떻게 일하고 있는지 알았어야지.'
'부검을 했어야지.'
'딸이라면서 제대로 하는 게 하나도 없네.'

미리 준비한 게 무엇도 없다는 자괴감, 아픈 몸에 대한 죄책감, 이 모든 화살이 개인에게로 향했다. 하지만 우리는 아플 수밖에 없는 곳에서 아플 수밖에 없이 산다.

***

얼마만큼 건강해야 회사가 요구하는 노동을 충족시키면서도 죽지 않을 수 있을까? 8시간 이상의 노동, 야근과 교대 근무, 해고 통지를 받고서도 몸과 정신이 건강한 노동자는 없을 것이다. 그러나 『아파도 미안하지 않습니다』의 조한진희 작가가 지적했듯이, 사람들은 사회가 정해놓은 건강한 몸의 기준에 부합하지 못한 자신을 자책하고, 건강한 몸이 수행할 수 있다고 규정된 양을 꾸역꾸역하면서 살아간다. 건강에 대한 높은 사회적 기준은 다시 모든 책임을 개인으로 돌린다. 불확실한 노동 시장 속에서 개개인은 아픈 몸을 숨긴 채 살아간다. 필연적으로 고통이 깊어질 수밖에 없는 사회다.

한국은 매년 약 2,000명이 산재로 사망한다. 그러나 산재 통계는 산재 인정 뒤 유족급여 지급일 기준으로 산정되며, 산재 승인이 되지 않은 사람들은 포함하지 않는다. 사람들은 산재 신청이 가능한지조차 모르거나, 사업주와의 의견 충돌이 두려워 신청조차 하지 않는다.

몇 년 전 반도체 직업병과 가습기 살균제 조사를 위해 방한한 유엔인권이사회는 산재보상 청구인에게 부과된 과도한 증명 책임 때문에 보상을 받기 어려운 점이 우려된다고 지적했다. 해당 보고서엔 이런 말도 있었다.

2부 _ 우리는 여전히 우리를 모르고

산재보험 체계와는 별도로, 피해를 구제받아야 할 노동자·피해자들의 권리를 존중하고 보호해야 할 일차적 책임 주체인 정부가 수행한 대책의 수준이 놀랄 만큼 낮다.

다치지 않기 위해 애를 쓰며 사는 삶은 무척 힘이 든다. 그러나 아무리 애를 써봐도 질병과 죽음은 갑작스럽게 우연히 온다. 어떤 사람은 유연하게 상황을 대처하겠지만, 어떤 사람은 삶의 우연성에 대책 없이 무너지기 마련이다. 갑자기 아플 때, 직장을 잃었을 때, 생계 보장이 어려울 때, 실질적인 삶의 현장에서 국가가 어떻게 존재하고 있는지를 느낄 수 있다. 우리에겐 '운이 좋아서'가 아니라 '어떤 상황에 갑자기 빠지더라도' 보호받을 수 있는 안전망이 필요하다. 삶을 운에 맡기기에는 우리에게 주어진 인생은 고작 한 번뿐이다.

6개월 전 나는 다른 노무사와 계약을 맺었다. 반년간 몇 번의 조사와 면담이 이어진 끝에 결과가 나왔다. 불승인이었다. '신청 이유와 업무 간 상당인과관계가 인정되지 아니한다는 것이 일치된 의견'이라는 내용이 있었다. 담담했다. 오히려 산재 승인이 떨어졌다면 의외라고 생각했을 것 같다. 심사청구, 행정소송을 할 수도 있으나, 나나 노무사나 별로 기대하지 않았다. 무엇이 나를 이렇게 소극적으로 만들었을까. 그간의 시간은 내게 무기력을 학습하는 과정과 같았다. 기업을 이길 자신이 없었으며 동시에 국가에 대한 의구심도 커졌다.

반년 전 엄마와 나는 아빠가 직장에서 죽어서 그나마 다행이라고 생각했다. 적어도 장례 지원과 산재 신청이 수월해지기 때문이다. 하지만 그런 걸 다행이라고 말해선 안 된다. 아무도 직장에서 죽지 않아야 비로소 다행인 것이다.

100만 원의 슬픔

아빠의 죽음 직후엔 아침에 눈을 뜨면 오늘은 어느 기관에 방문해야 하는지 헤아리는 것이 일상이 되었다. 망자의 신변 정리를 위해 처리해야 할 일들이 한둘이 아니었다. 직장에 나가는 엄마와 동생 대신, 일을 쉬고 있는 내가 모든 일을 맡게 되었다. 이를테면 노무사에게 요청받은 서류(건강보험공단의 요양급여 명세서, 소방서의 119 구급증명서, 이를 위한 정보공개 신청, 회사의 근로계약서와 급여대장, 과로 스트레스 입증 자료, CCTV, 동사무소에서 수없이 떼도 모자란 가족관계증명서, 의료기관의 사망진단서와 의무기록 등)를 떼기 위해 행정 기관을 돌아다니는 일이다. 공단과 보험사, 동사무소,

노무사 사무실에 밥 먹듯 가다 보니 단순 외출을 할 때도 아빠 신분증과 사망신고서, 가족관계증명서를 챙겨 다니는 습관이 생겼다.

"아버지가 돌아가셔서 관련 서류를 떼러 왔습니다."

이 말은 아무리 반복해봐도 입에 붙지 않는다. 어색함을 피하려고 단어나 순서를 바꿔봐도 그렇다. 돌아가신 아버지 때문에, 아버지가 돌아가셔서, 사망자 가족인데요, 망자 행정처리를 위해서요, 부모님 관련해서 왔는데요, 사망해서서요. 행정처리를 위한 사무적 태도와 고인의 가족이 지녀야 할 마땅한 애도적 태도 사이에서 나는 갈팡질팡한다. 너무 괜찮아 보이지도, 그렇다고 상대방에게 부담을 줄 정도로 감정적으로 보이기도 싫다. 이런 과도한 자의식은 어디서 왔을까. 요즘 내가 사람을 분류하는 방식은 두 가지다. 가족을 잃은 사람과 잃지 않은 사람. 이런 식으로 세상을 바라보게 되면 평온하고 정상적인 상황에서의 소통 방식을 잊어버린다. 애도적 태도에 지나치게 집착하거나 죽음이 삶보다 선명해지면 나타나는 현상이다.

나는 이제 가는 곳마다, 카페에서나, 거리에서나, 만나는 사람들 하나하나를 결국 죽을 수밖에 없음이라는 시선으로, 그러니까 그들 모두를 죽어야 하는 존재로 바라본다.

— 롤랑 바르트 『애도일기』(걷는나무, 2018)

대부분의 업무는 혼자 발품을 팔면 그만이다. 그러나 은행 업무는 혼자 할 수 없다. 망인 통장의 잔액 이체를 위해서는 상속 대상이 되는 모든 인원이 한꺼번에 가거나, 대표 한 명이 직계 존비속의 위임장을 모두 받아 수많은 서류를 준비하는 방식이 있다. 널린 게 시간인 우리 세 모녀는 전자를 택했다. 매주 수요일은 다 같이 은행 업무를 처리하는 날이 되었다. 동생의 퇴근 시간부터 은행 문 닫을 시간까지를 계산하면 우리에게 주어진 시간은 고작 1시간 30분 정도였다. 얼마 안 되는 금액의 통장을 함께 확인했다. 하루는 엄마가 ATM 기계에서 잠깐 돈을 뽑고 가겠다며 먼저 차로 가 있으라며 내 등을 떠밀었다. 잠시 후, 돈 봉투를 들고 엄마가 은행에서 나왔다. 나는 괜히 엄마에게 장난을 쳤다.

"웬 돈 봉투? 내 용돈인가?"
"응, 니 용돈."

"뭐? 아냐, 나 장난이었어."

"원래 주려고 했어. 받어."

"무슨 소리야? 나 돈 있는데 용돈을 왜 줘. 됐어."

"받어 그냥 쫌. 고생했잖아."

내일모레가 서른인데 용돈을 드리지 못할망정 받고 있다니. 엄마는 노무사에게도 돈을 백씩 주는데 너한테 못 주겠냐며, 5만 원권이 빼곡히 담긴 은행 봉투를 건넸다. 매일 카페에 갈 때 커피값 하라는 말을 덧붙였다. 엄마는 아빠의 죽음 이후 내가 극심한 스트레스에 시달리는 것을 알고 있었다. 보험과 산재 신청을 위해 죽음을 설득하러 다니는 것은 내면을 매우 소모시켰다. 티를 내지 않기 위해 노력했으나 엄마의 눈엔 그것마저 빤히 보였던 모양이다.

"너 카페 오래 있잖아. 한 잔 말고 두 잔씩 마셔."

나는 조수석에 앉아, 봉투를 만지작거리며 창밖만 봤다. 용돈을 받는다는 것이 이렇게 우울하고 울컥하는 일이었나. 앞으로의 계획이 잘 될 거라고 믿는, 대책 없이 낙관적인 내 민낯에 100만 원짜리 용돈 봉투가 던져지는 느낌이었다.

최근 엄마의 직장 동료 기덕 씨의 부친상이 있었다. (부고라는 것은 한번 들리면 끊임없이 들리는 법칙이라도 있는 것 같다) 기덕 씨는 31살로, 엄마는 내게도 종종 기덕 씨에 대해 얘기했다. 엄마를 통해 듣는 기덕 씨는 다른 세상에 사는 사람 같았다. 그는 회식을 하며 먹는 모든 음식마다 처음 먹어보는 음식이라며 신기해한다. 스타벅스 커피도, 크림 파스타도 먹어본 적 없는 기덕 씨는 뜻밖에도 두리안을 먹어본 적은 있다. 베트남에 잠시 있었단다. 기덕 씨는 회식에 몇 번 참석하다가 언제부턴가는 나오지 않았다. 돈이 없기 때문이었다. 만 원으로 일주일을 버티고, 더운 여름에도 여름옷이 없어 목 끝까지 올라오는 목티를 입는다. 회사 점심시간에는 밥을 식판에 수북이 쌓아 허겁지겁 먹는다. 집에서는 가장 싸게 살 수 있는 전투식량을 쟁여둔다. 기덕 씨는 그런 사람이었다.

엄마는 번 돈은 다 집에 가져다주고 본인의 삶을 살지 못하는 기덕 씨를 짠하게 여겼다. 장례식장에 다녀오고 나서도 소주 한잔을 마시며 말을 꺼냈다.

"걔도 너처럼 어린 나이에 아빠를 잃었잖아. 네가 생각나더라니까."

비슷한 나이에 아버지를 잃은 짠한 애. 그간 기덕 씨에 관한 이야기는 나와는 무관한, 완전한 타인의 것이었다. 그러나 문득 깨달았다. 엄마가 그를 안쓰러워한 이유는 기덕 씨에게서 나의 모습을 보고 있기 때문이었다.

＊＊＊

나는 괜찮다.

내가 이렇게 나를 긍정해도 가족이 나를 진심으로 걱정하는 순간, 걱정 받아 마땅한 존재가 된다. 혹시 내 괜찮음이 척으로 보였을까 신경 쓰이다가, 어떤 내가 진짜 나인지도 헷갈리게 된다. 그럼 나는, '어? 나 지금 안 괜찮은 건가?'라는 의문을 품는다. 기덕 씨는 직장이라도 있는데 말이지.

혼자만의 낙관으로는 가족을 안심시킬 수 없다는 깨달음, 결국은 청년 실업자 통계에 포함될 한 명이라는 명확한 현실

인식, 용돈을 주는 엄마의 속사정. 그런 것들을 생각하니 머리가 복잡해졌다. 용돈 100만 원이 좋기는커녕 처참하게 느껴지는 이유가 여기에 있었다. 난 아직 버틸 만한 돈이 있으니 손 벌릴 정도는 아니라고 생각했는데, 용돈 봉투가 내 현실 감각과 위치를 일깨운다. 이제 꿈에서 돌아올 시간이라고.

습관적으로 잔액을 확인한다. 바꾸지 못한 몇 주의 주식을 현금으로 환산한다. 무엇을 새로 하기에도, 이 삶을 이어가기에도 용기가 부족한 돈. 공모전을 찾아본다. 끼워 맞출 주제를 생각해봤다. '세 모녀' 콘셉트로 여행 공모전에 응모해볼까, 아빠가 좋아했던 음식을 팔아 한식 수필 쓰기에 도전해볼까……. 누군가 나를 짠하게 생각하면 언제든지 장단을 맞춰줄 수 있다. 100만 원의 짠함을 내게서 지울 수 없다면 불행을 팔아 하루를 사는 건 어렵지 않다. 우울하게 체면을 차리는 것도 사치가 될 때가 있다.

하지만 어떻게 해도 용돈을 받던 순간의, 바닥이 무너지는 감각을 지울 수 없다. 아마도 아빠의 사망 보험금이거나, 아빠의 통장 잔액이거나, 부의금일 그 100만 원을 나는 절대로 쓸 수 없을 것이다.

가부장제에서 탈퇴하는 법

아빠의 죽음 이후, 한 달간의 기록

최근의 하루는 이렇다. 7시에 일어나 출근하는 엄마에게 샌드위치와 커피를 만들어준다. 엄마보다 늦게 출근하는 동생에게는 토스트와 시리얼을 챙겨주고 배웅한다. 두 직장인이 일하러 나가면 난 빈집에서 한두 시간을 더 자고 일어나서 내할 일을 시작한다. '내 할 일'이라기 보단 '우리 가족이 나에게 맡겨둔 일'이다. 해야 할 일을 하다 보면 정말 하고 싶은 것들은 끊임없이 뒤로 밀리기 마련이다. 나는 끊임없이 이어지는 행정 업무를 내 일보다 먼저 처리하기 바빴다.

꾸역꾸역 해치운 후에는 카페에 간다. 매일 방문하는 프랜차이즈 카페에서 매일 같은 음료를 시킨 후 그제야 진짜 내 할 일이 시작된다. 취업 준비, 원고 작성 등……. 취업준비생이 가장 바쁘다는 말에는 어느 정도의 일리가 있어서, 시간은 달음박질하듯 빠르게 흐른다. 얼마 안 가 곧 저녁 먹을 시간이 온다. 저녁 메뉴를 고민하다가 카페에 머물고자 했던 시간보다 더 일찍 자리에서 일어난다. 장을 보고 난 뒤 집으로 가, 퇴근한 동생에게 간단한 간식을 챙겨주고 빨래를 하고 청소기를 돌리고. 엄마가 퇴근하는 6시 반에 맞춰서 저녁을 차린다. 밥을 먹고 반주를 마시다 9시가 되면 다시 혼자 작업을 한다. 가끔은 엄마와 동생을 데리고 산책을 나가기도 한다.

"어떻게 지내?"
"가사 노동 열심히 하는 백수야."

친구들이 안부를 물으면 장난스레 그렇게 대답한다. 아빠가 죽은 지 한 달이 채 안 된 요즘, 나를 설명하기 가장 적절한 표현이다. 강제적이고 느닷없는 방식으로 우리 가족은 가부장제에서 탈퇴했다. 여성 셋만 사는 가정 속에서 가사의 분배는 상황에 따라 유동적으로 바뀐다. 임금 노동, 가사 노동은 각자 수준과 상황에 따라 유연하게 조정된다. 3인 가족 중 유일하게 직장에 다니지 않고 자유시간이 많은 내가 자연스럽게 가사 노동을 전담한다. 요즘 나는 내가 할 수 있고, 내가 해야 할 일을 하며 산다. 그런 하루가 싫지 않다.

물론 책임감 내지 부담감으로 매일을 버틸 때도 있다. 하지만 그것보다 더 큰 추동력은 가족의 미래를 그리는 것이었다. 아빠가 죽고 나서 우리 가족은 조금 더 미래지향적인 태도를 가지게 되었다. 가난해도 구질구질하지 않기 위해, 가족의 수명을 더 늘리기 위해 내 인생을 통틀어 가장 규칙적이고 건강한 의식주 생활을 고민하고 있다. 외식의 비중을 줄이고 채소 소비량을 늘리고 동네 놀이터의 생활 체육 기계를 사용한다. 쓰레기는 제때 비우고 찢어진 모기장을 교체하고 외부에서 집이 들여다보이지 않도록 블라인드를 설치하고자 드릴을 켠다. 롤랑 바르트는 어머니가 죽은 다음 날에 누군가 죽고 나면 기다렸다는 듯이 앞날의 계획들을 세우게 된다고 했다. 일종의 '미래에 대한 광적인 집착'이라고. 나도 다르지 않은 모양이다.

아빠가 살아 있을 때는 아무것도 바꿀 수 없어 보였다. 그

러니까 우리의 습관, 가난하고 천박하고 오래되어 꾸덕꾸덕
한, 냉장고에 붙은 오래된 스티커의 남은 접착제 같은 눅진한
습관 말이다. 그런 습관들은 손끝에 끈끈하게 묻어나서 옷에
닦아내도 사라지지 않는다. 시간을 내어 깨끗하게 닦아내면
될 일이지만, 그런 불편함과 지저분함마저도 일상이 되어버
린 삶도 존재하는 법이다. 불행에 지나치게 잠식당하고 더 나
아지고자 하는 의지마저 망각하게 되는 순간이 내게 있었다.
'조처해야겠다'라는 생각마저도 사라진 삶.

이제는 더 잘 살기 위해 '광적으로' 서두른다. 냉장고에 붙
은 스티커를 지울 필요 없이, 냉장고를 통째로 버리는 식의
사고 전환이다. 이 우주에서 단 세 명만 아는 대전환이 우리
집에서 벌어지고 있다. 같은 방식의 삶을 고수했을 때 벌어지
는 비극을 우리는 아주 가까운 곳에서 봤다. 그러니 남은 자
들의 생존력은 강해질 수밖에 없다. 가난에 번번이 발목이 잡
히더라도 조금 더 우아하게 살고 싶다는 뒤늦은 발버둥을 쳐
보는 것이다.

평생 이렇게 살진 않을 것이다. 다만 지금으로선 내가 원
하는 삶과 가족의 형태를 상상하며 생존의 기술을 마련할 때

다. 피할 수 없는 사건을 직면하게 되어 가족의 형태가 재구성된다고 하더라도 그럭저럭 살만한 자립의 기술. 자립의 기술은 장기적으로 잘 살기 위한 전략이다. 1인 가구, 친구, 파트너, 가족 등 누구와 살더라도 잘 살 수 있는 습관을 만들고 싶다. 미래에는 결혼을 하지 않고도 여성으로서 나답게 잘 살고 싶다.

방법은 알지만 실천은 언제나 어렵다. 내가 무리하게 여러 가지를 한 번에 시도한 탓에, 엄마와 동생은 떨떠름함을 숨기지 못하고 의지 또한 낮았다. 그런 반응은 나의 사기를 더욱 떨어트리기 충분했다. 습관은 하루아침에 바뀌지 않는데, 벌써 지친 모습을 보이고 힘든 내색을 하니 조급해진다.

'우리 세 모녀가 더 잘 살기 위해 이러는 건데 왜 나를 격려하지도, 이해하지도 못할까?'

이럴 때 방법은 하나밖에 없다. 천천히 조금씩, 같이하는 수밖에. 우리는 여전히 우리를 잘 모르고 이해할 수 없는 이들 투성이지만 적어도 '우리'라는 단어를 공유하고 있다.

가끔 내가 처한 현실에서 증발해버리고 싶다. 하지만 방법이 없으니 그냥 힘겹게, 조금은 억지로 해낼 뿐이다. 오늘도 꾸역꾸역. 내일도 꾸역꾸역.

아홉수 우리

　　"사람마다 아홉수가 사납지."

　　아홉수란 9, 19, 29와 같이 아홉이 든 수를 뜻한다. 동양에서는 아홉수를 불길하다고 여겨 이 나이에는 결혼이나 이사 같은 대소사를 꺼렸다. 하지만 이 유래에 대해서는 의견이 분분하다. 주역에서 9는 양을 상징하는 길한 숫자다. 우리의 의식에도 9는 바둑 9단이나 정치 9단처럼 최고를 뜻하는 완결의 숫자이며, 중국과 몽골, 태국에서도 9에 높은 가치를 두고 있다.

아홉수는 9라는 미완결된 숫자에서 오는 심리적 불안에서 비롯되었다는 추측이 유력하다. 1의 관점이 아닌 10의 관점에서 9를 바라본다면 불안이 커질 수밖에 없다. 곧 앞자리가 바뀌니 그때까지 별일 없도록 행동을 조심하라는 조언과 걱정, 새로운 변화를 목전에 둔 폭풍전야의 심리적 강박이라는 것이다. 실제로 아홉수는 십진법을 국제 규범으로 가진 모든 국가의 사람들이 공유하는 강박이다. 심지어 전 세계에서 유일하게 한 살을 먹으며 삶을 시작하는 한국인들은 이 아홉수의 공격을 다른 나라보다 1년이나 일찍 받는다.

아홉수라 사나운 게 아니라 그 시기에 사나운 일들이 발생할 확률이 높다. 20대 후반에는 결혼, 독립, 이사, 이직 등의 경험을 많이들 한다. 30대 후반으로 들어서면 투자나 사업을 시작하는 사람도 많아진다. 실패나 좌절을 경험하게 되는 이유 또한 그만큼 도전을 했기에 주어지는 결과물은 아닐까. 직장인 중 29%는 아홉수에 부정적인 경험을 하게 된다고 하는데, 그럼 71%는 별다른 일을 겪지 않는다는 뜻도 된다.

그렇다고 아홉수가 없다고 단언할 수 있을까? 아홉수는 있다. 29살에 갑작스러운 아빠의 죽음으로 인해 삶이 송두리째 흔들린 나에게는 그런 징크스가 필요하다. 29살이나 먹어서 아빠를 제대로 보내지 못했다는 자조와, 29살에는 원래 다 그런 거라는 자기합리화는 실제로 나의 심신을 안정시키는 데 도움이 됐다. 나에겐 나의 실수와 불운으로부터 도피할 어떤 변명 거리가 필요하다.

삶이 고단할수록, 유독 다사다난한 한 해를 보낸 사람일수록 아홉수든 삼재든 어떤 거리라도 찾아 그것을 탓하고 싶어진다. 건강이 악화되거나 회사에서 잘릴 때, 애정하던 관계가 좋지 않은 끝을 맞고 공교롭게 모든 시험에서 낙방할 때, 야구에서는 수비수보다 투수가 징크스를 더 많이 만들어 낸다는 사실을 떠올린다. 성공 확률이 낮은 포지션일수록 더 많은 미신을 믿게 된다. 하지만 이렇게 삶이 불확실하고 걱정이 많은 것조차 내 삶이 나아갈 방향이 다양하다는 증거이기도 하다. 경계선 위는 긴장의 연속이지만 언제든 설레는 일이 될 수도 있다.

만약 그래도 아홉수의 존재가 두렵다면, 아직 나의 아홉수는 오지 않았다고 생각하자. 한 해의 시작을 3월 21일이라고 생각하기로 한다. 낮과 밤의 길이가 같은 춘분을 새해의 첫날로 삼은 문명도 많았다. 그것도 안 되면 우리나라와 아주 먼 나라 사람들의 마음처럼 살자. 만 나이라는 좋은 것이 있지 않은가. 우주의 관점에서 우리는 모두 동갑이니 그 어느 것도 걱정할 필요 없다. 우리는 어떻게든 이 시기를 지날 것이다.

전화를 걸지 않는 사람

처음엔 정희 언니 이름으로 온 20만 원의 부의 봉투를 발견하고는 의아했다. 친척 대부분과 인연을 끊은 정희 언니의 부조금을 누가 대신 넣어줬을까. 엄마랑 가능성 큰 사람을 세어봤지만, 썩 적당한 사람이 떠오르지 않았다. 엄마는 정희 언니의 남동생인 사촌 오빠를 잠깐 부엌 뒤로 불러 속삭였다.

"네가 정희 대신 부의했어?"
"숙모, 저 연락 안 하고 지낸 지 오래됐어요."

작은고모에게 물어 간신히 정희 언니의 전화번호를 얻었

지만, 부의를 대신 내지는 않았다고 했다. 연락은 무슨, 작은 고모도 정희 언니와 연 끊고 산 지 오래였다.

정희 언니는 나와 사촌 사이기는 해도 나이 차이가 스무 살 가까이 났다. 5남매 중 막내였던 아빠가 늦은 나이에 결혼한 탓에 언니와의 나이 차이도 이만큼 벌어지게 된 것이다. 정희 언니는 첫째 고모의 딸인데, 지금은 돌아가신 첫째 고모에게는 정희 언니를 포함해 4명의 자식이 있다. 그들 모두 정희 언니와 연락을 끊었다. 언니가 돈을 아주 많이 빌렸다고 했던가. 작은고모에게도 얼마를 빌렸는지, 고모부가 쓰러진 후 지병이 심해진 것도 정희가 사고를 쳤기 때문이라는 소문을 어깨너머로 들었다.

"우리 집이 돈이 없었으니까 정희가 안 빌린 거지. 너희 아빠한테 돈이 조금이라도 있었으면 또 어떻게 됐을지 몰라."

어느 집안에나 있는 사고치고 다니는 골칫거리. 정희 언니는 그런 존재였다. 엄마는 정희 언니를 얼굴이 반반하고 성격은 착했으나, 낭비벽이 있다고 회상했다.

"낭비벽인지 아닌지 어떻게 알아?"

"딱 봐도 알지. 하여튼 그런 게 있었어."

돈을 얼마나 꿨는지는 모르겠지만 집안에 돈이 조금이라도 있으면 빌렸다가 안 갚고 사라지기를 반복했다는 정희 언니는 언제부턴가 우리 집안의 금기어가 되었다. 정희 언니가 이혼했는지, 남편이랑 같이 사는지, 아들은 어디서 사는지 아는 사람이 아무도 없었다. 엄마는 정작 손해 입은 사람들은 속이 터져 함부로 할 수 없는 말을 제삼자의 위치에서 아무렇지 않게 했다. 아이러니하게도 정희 언니의 존재가 엄마에겐 필요했다. 엄마와 우리 집에 닥친 불행을 가까스로 위로할 수 있는 존재. 최악은 면했다는 값싼 생각이었다.

친지들은 정희 언니가 아빠와 가장 각별한 사이였다고 입을 모았다. 늦은 나이에 결혼한 아빠는 그전까지는 할머니와 첫째 고모와 살았다고 했다. 그때도 정희 언니를 딸처럼 싸고돌았다면서. 정희 언니와 남매인 사촌 오빠는 첫째 고모부도 일찍 세상을 떠나 아빠가 호랑이 삼촌 노릇을 톡톡히 했다며, 아빠에게 맞고 자란 것이 트라우마가 됐다는 소리를 우스갯소리처럼 늘어놓곤 했다.

"정희가 여자기도 하고 이상한 놈팽이 만나고 다닐까 걱정돼서 아빠 노릇 대신하며 엄하게 관리했지, 삼촌이."

정희 언니에게 아빠는 그런 사람이었구나. 분향소에서 조문객을 기다리는 이틀간, 사촌 오빠와 아빠에 대한 이야기를 많이 나눴다. (우리 집은 여자뿐이라 사촌 오빠가 두 줄짜리 상주 완장을 찼으므로) 아빠가 요리를 참 잘했다고 내가 회상하니, 사촌 오빠는 "내가 생각하는 삼촌은 절대로 집에서 요리할 분이 아닌데"라며 놀라는 눈치였다. 나는 사촌들을 혼내는 아빠를 생각하며, 결혼 이전의 아빠, 아빠가 아닌 아빠를 잠시 상상했다.

***

아빠의 유품에서도 정희 언니의 어릴 적 사진이 몇 장 나왔다. 그에 비해 나에겐 정희 언니에 대한 기억이 희미했다. 초등학교 때 장례식이나 팔순 잔치 같은 가족 행사에서나 몇 번 봤던 게 다였다. 언제는 남편이 있었고, 언제는 남편이 없었다. 삼우제 다음 날, 부의금 명단을 엑셀로 정리하고 단체 문자를 발송하는 웹사이트를 통해 일괄 문자를 보냈다.

다시 한번, 애도와 정성 어린 위로로 저희 가족을 보살펴 주심에 깊이 감사드리며, 오래오래 마음속에 간직하겠습니다. 그리고 댁 내에 애/경사가 있을 때 보답의 기회를 가질 수 있도록 연락해주시면 감사하겠습니다. 항상 건강하시고 댁내 평안하시길 기원합니다.

하루가 지나 정희 언니에게서 답장이 왔다.

나 정희언니야.. 뭐라고 말을해야 할지 삼춘이 돌아셨단말을 듣고는 내가 힘들단이유로 안부전화도 찾아뵙지도 못했는데.. 너무 죄송하고 속상했는데⋯ 또 어렵게 일하게된 매장사장님께서 6일날에 유럽을 가셔서 내가 매장을 맡아서 마감 까지 해야될 상황이어서 명현이 오빠한테 우선 인사로 먼저드리고 49제때 꼭옥 찾아 뵌다고 숙모께 말씀드려 달라고 얘기했는데 애길 안한거같아⋯! 삼춘은 누구보다 언니에겐 아버지같은분이 셨어 때론 무섭게 혼두내시지만 정말로 우리정희 하시면서 아끼고 사랑해주셨는데⋯ 찾아뵙지도 못하고 어떻하니⋯ 이번49제때 꼭옥 뵙고 인사드리고 삼춘뵙고 올꺼야 그때 얼굴 보았음 좋겠다.

내가 보낸 장문의 인사말에 그보다 더 긴 답신이 온 것이

었다. 이후 언니와 몇 번의 문자를 더 주고받으며, 정희 언니
가 전화를 걸지 않는다는 사실을 알아차렸다. 대다수의 사람
들은 긴 문장의 메시지를 주고받는 것보다 통화를 편히 여겼
다. 사실 나는 전화를 껄끄러워해서, 할 말과 예상 답안까지
정리해서 장문의 문자를 보내는 편이었다. 텍스트의 의도가
왜곡되지 않게 중언부언 말을 덧붙이다 보면 어느새 문자가
한참 길어져 있었다. 내 문자를 받은 사람들은 그냥 말로 하
는 게 편하다고 말하며, 바로 전화를 걸어왔다. 엄마도, 사촌
오빠도, 산재 신청을 맡긴 노무사도, 모두 그랬다. 나를 찾는
벨소리가 울리면 어김없이 허둥대곤 했다.

　정희 언니는 언제나 장문의 문자를 보냈다. 가벼운 질의응
답과 근황을 여러 번에 나누어 주고받는 대화를 원천적으로
차단하는, 본인의 근황과 목적, 안부와 기승전결을 하나의 메
시지에 몰아넣은 빽빽한 문자였다. 그 문자들을 보며 우리 두
사람이 비슷한 점이 많을지도 모른다고 느꼈다. 삶은 자주 숙
제처럼 밀려들어, 버겁게 인사가 쌓인 사람들은 생각할 뜸의
시간이 필수적이었다. 정희 언니와 나는 뜸의 시간이 자주 필
요한 타입이었다. 한 번의 전화에 무너지지 않도록.

나는 정희 언니의 메신저 프로필을 확인했다. 삼촌… 좋은 곳에서 편히 쉬세요, 사랑합니다. 아빠에게 쓰는 메시지였다.

어김없이 한 달 후에도 문자가 왔다.

나 정희언니야~ 날이 많이덥다 삼촌이 돌아가신지도 한달이 되어간다 아직도 믿어지지가 않고 그리 허망하게 가실줄은 꿈에도 생각하지도 않고 항상 든든한버팀목이 되어주실줄만 알았어 아빠 영정사진을 카톡으로 보내준걸보곤 매장문잠가 놓고 한참을 울었다… 우리 삼촌도 많이 늙으셨네 하구 정말 힘들단 이유로 찾아뵙지 못한게 너무너무 죄스럽다… 49제 날짜가 정확히 언제야?

전화를 아끼고 문자로 꾹꾹 담는. 아빠의 장례식에 오지 못한. '꼭' 대신 '꼭옥'이라고 쓰고, 맞춤법을 자주 틀리고, 그저 쓰이는 대로 문자를 보내는. 추모공원에, 49재에는 꼭 오고 싶다며 문자로 언제 가냐, 어디로 가야 하나 물어보던 정희 언니. 나는 일방적으로 자신의 할 말만 담긴 장문의 메시지를 통해 언니의 이미지를 그려보았다. 의류 매장의 작은 공간 한편에서 숨을 죽이고 핸드폰 사진을 들여다보며 꺽꺽이기를 반복하는 한 중년 여성을.

49일 동안 나는 정희 언니와 길고 무거운 문자를 띄엄띄엄 주고받았다. 우리는 각자의 방식으로 아빠를 기억한다. 내가 아는 아빠를 정희 언니는 모르고, 정희 언니가 아는 아빠는 내가 알지 못한다. 우리는 어떻게든 조금 더 알기 위해, 어쩌면 조금 더 이 시기를 잘 지나가기 위해 서로의 기억을 공유했다. 그리고 머지않아 정희 언니가 친척에게 아빠의 부의금 20만 원을 부탁할 때도 장문의 문자를 보냈을 거라는 결론에 도달하게 되었다.

***

거의 10년 만에 정희 언니를 만나기에 앞서, 언니에게 문자를 보냈다.

어느 역에 몇 시에 도착하세요? 엄마가 데리러 가신대요.

우리는 어쩌면 말하는 방법이 서툴러서 한참 조용할지도 모른다. 다행인 것은 우리가 어색하게 마주 볼 필요가 없다는 것이다. 대신 아빠 앞에 같은 방향으로 나란히 설 것이다. 전화가 서툰 사람들끼리. 제자리에 맴돌며 장문의 문자를 쓰는 사람들끼리. 보내지 못한 말을 쌓아두고 사는, 남겨진 사람들끼리.

3부

세 여자의 애도법

향초가 꺼지지 않도록

나는 미신을 믿지 않는다. 점이나 굿, 사주팔자, 별자리, 타로, 관상, 풍수지리, 온갖 종류의 금기, 징크스, 로또 명당, 종교, 유사 과학 등. 종교적이고 비과학적인 것은 멀리한다. 그러나 그런 미신을 어쩔 수 없이 받아들여야 하는 순간이 온다. 내가 아빠의 장례를 치르면서 육체적으로 가장 힘들었던 순간은 조문객을 맞을 때가 아니라 모든 사람이 다 빠져나간 이후였다. 그 하루의 끝에 필요한 건 수면이었지만 잠시도 허락되지 않았다. 밤새 향초에 불을 밝혀야 했기 때문이다.

장례식장에서 제사를 지낼 때는 반드시 향초가 꺼지지 않도록 해야 한다. 낮은 물론이고, 장례가 끝날 때까지 고인의 혼이 꺼지지 않도록 계속해서 불을 붙여줘야 한다고 했다. 향초의 개수는 홀수로 꽂는다. 한 번 불을 붙이면 10분 정도 이어지니, 1시간에 6번은 바꿔줘야 했다. 친척들은 내게 와서 얘기했다.

"절대로 불이 꺼지게 하면 안 된다, 그건 안 되는 거야."

그러면서도 "잠 좀 자둬, 고생했다"라고 덧붙였다. 쉴 수도, 불을 꺼트릴 수도 없었다. 그게 가능한가. 어쨌든 자면 안 되는 거였다. 나 대신 조금이라도 눈을 붙여야 할 사람들이 많았고, 내 아버지의 죽음 앞에서 나는 마지막으로 잠들어야 하는 사람이었다.

향초 불이 꺼지지 않도록 하는 것은 내게 미신에 불과했다. 치성을 드리면 아빠가 잘 떠나리라는 믿음은 살아 있는 사람들의 마음을 편하게 하기 위한 뒤늦은 친절처럼 느껴졌다. 절에 가서 치성을 드리거나 몇 번의 제사를 치르는 것도 내게는 여성의 노동력을 볼모로 하는 구복 신앙에 불과했다. 아빠는 재가 될 거고 사후 세계는 없다. 영혼은 없고 있다 해

109   3부 _ 세 여자의 애도법

도 고작 내가 향초 불을 옮기지 않아 꺼지는 정도의 혼령이라면 애초에 천국은 못 간다. 하지만 그 이야기를 입 밖으로 낼 순 없었다. 그날 나는 말 잘 듣고 효성 깊은 맏딸 흉내를 내기 바빴다. 내가 지키고 싶은 것은 죽은 아빠의 혼이 아니라 살아 있는 이들에 대한 예의였다. 그런 나를 대신해 예의를 갖춘 것은 오히려 권과 박이었다.

권이 대구에서 기차를 타고 장례식장에 도착했을 땐, 자정이 가까워졌을 무렵이었다. 칼정장을 입은 권은 내일 면접이 있어서 잠깐이라도 내 얼굴을 보러 왔다고, 잠시 머물다 가겠다고 했다. 장례식장이 애매한 곳에 위치한 탓에 오는 데만 해도 족히 4시간은 걸렸을 것이다. 택시도 안 잡히고 버스도 끊긴 곳에서는 돌아가는 길도 만만치 않을 게 분명했다. 나는 무척 별스러운 일도 대수롭지 않게 말하는 권의 무던함을 좋아했는데, 그날 역시 그랬다. 편한 이부자리를 내준다는 가족들의 말을 모두 만류하고 권은 내 옆에 누웠다. 아빠에게 친구를 보여줄 수 있어 내심 기뻤다. 권이 아빠에게 술 한 잔을 건넨 후 나와 함께 향초 앞에 누웠다. 숨이 막혀 죽을 것만 같아서 분향소 문을 조금 열어두고, 상복을 이불 삼아 잠을 청했다. 권이 나를 대신해 뜬 눈으로 밤새 향초를 갈았다.

이튿날엔 박이 낮과 밤, 두 번에 걸쳐 찾아왔다. 낮에 박이 처음으로 조문을 왔을 때 친척들은 내게 "저 친구는 예술을 하니?"라고 물어왔다. 머리가 노랗다 못해 하얗게 탈색된 박은 어르신들의 시선을 끌기 충분했다. 박은 뮤지션이었다. 조문을 하고 공연을 하기 위해 서울로 올라갔다가, 한밤중에 다시 내려왔다. 박의 손에는 대용량 커피 캐리어가 들려 있었다. 가족들은 박이 가져온 커피를 마시며 처음으로 조용한 휴식을 취했다. 박은 시의적절하게 타인이 필요한 것을 알아차리는 능력이 있었다. 어느 누구도 박을 싫어할 순 없을 것이다. 그날 밤, 박과 나는 부의금을 세고 봉투를 정리했다. 권이 누웠던 자리를 박이 대신 누웠다. 다음날 발인제와 화장터에서 아빠를 태우고, 장지에 모시고 제사를 지내는 마지막 순간까지도 박이 계속 곁에 있었다.

내가 모진 3일 밤을 버틸 수 있었던 것은 나를 대신해 향초를 밝혀준 이들이 있었기 때문이다. 웃긴 것은 그들이 나처럼 미신을 멀리하는 사람이 아니라는 것이었다. 그들은 사랑을 주는 법도, 받는 법도 잘 알았다. 나는 아무것도 믿지 못해서 이렇게 건조한 인간이 된 것일까? 그래서 아빠를 위해 향초 몇 시간 붙이는 것마저 별 이유를 다 붙여가며 싫증을 내는,

3부 _ 세 여자의 애도법

겨우 그런 사람으로 자랐을까? 장례를 치른다는 것은 내 곁의 사람을 알아차리고 그들에게 빚을 지는 시간이었다.

치성을 드리지 않고도 향초가 꺼지지 않은 이유는 그들이 나의 친구인 덕이다. 그런데도 그들의 소중함을 그로부터 시간이 조금 더 흘러, 한 템포 늦게 깨닫는 것은 내게만 신이 없기 때문일지도 모른다.

부고의 장점

해외에 있느라 장례식장에 못 가봐서 미안해. 많이 정신없을 거야. 나도 아빠가 돌아가셨을 때 어떻게 삼일장을 보냈는지 모르겠더라. 꼭 시간 내서 밥 챙겨 먹고 눈 좀 붙이길 바라.

장례 첫날, 대학 동기에게 메시지가 왔다. 연락하지 않은 지 오래된 사이라 예상하지 못한 수신이었다. 잠시 동기의 아버지가 돌아가셨단 사실도 모르고 있었다는 것이 부끄러웠다. 어쨌든 그 연락은 내게 큰 위안이 되었다. 뭔가 동기에게는 지금 내 복잡한 감정을 털어놓아도 될 것 같은 심정이 들었다. 눈을 붙여서도 안 되고, 장례 틈틈이 입에다 아무거나 넣는 이 짓을 동기도 해본 적이 있겠지. 너도 이 모든 과정을 다 겪었을 수도 있겠다는 동질감 탓인지 동기를 붙잡고 아무 말이나 다 털어놓고 싶은 기분이 들기도 했다.

그날 몇 년간 못 본 대학 선배가 페이스북에 올라간 부고란을 보고 장례식까지 차를 끌고 오기도 했다. K선배는 간호하던 어머니가 돌아가신 날의 이야기를 내게 들려주었다. 그날 나는 비정상적으로 연명하던 이틀간의 시간 속에서 처음으로 후련한 감정을 느꼈다. 자괴감이 들어 내뱉지 못했던 말들도 선배에게는 털어놓을 수 있었다.

"사실 그렇게 슬프지 않다면, 내가 나쁜 걸까요?"

선배와 엄마의 관계가 복잡했던 것처럼, 나와 아빠도 마찬가지였다. 우리 부녀는 그리 친하지 않았고 애증이 섞인 사이였다. 내가 아빠를 완전히 받아들이고 이해할 수 없었던 것처럼 아빠 또한 그랬을 것이다.

그들은 왜곡 당하리란 걱정 없이 내 속마음을 털어놓을 수 있는 존재들이었다. 이미 부모의 죽음을 경험했으므로 굳이 설명하지 않아도 이해받을 수 있는 대상이었다. 그들은 나보다 먼저 이 챕터를 넘겼다. 지금 내가 마주한 공허감을 이해했다. 나는 이 단계를 벌써 경험하고 훌쩍 먼저 걷고 있는 사람들의 말에 위안을 받았다. 그들을 통해 나 또한 이 벗어날 수도, 나아갈 수도 없을 것 같은 일종의 사건을 언젠간 지나가게 될 것이라는 희망을 엿볼 수 있었다.

켈시 크로와 에밀리 맥도웰의 저서 『제대로 위로하기』에 의하면, 슬픔에 빠진 사람은 도와달라고 하는 것조차 짐이 될까 싶어 피한다. 그들이 원하는 것은 그저 편한 대화지만, 대화 자체가 짐이 될 수 있다고 느껴 조용히 고통을 감내하는 길을 선택한다는 것이다. 그날 나에게 필요했던 것은 어쩌면 엄청난 위로의 말보다는, '네 상황을 이해해'라는 공감이었다. 너의 부담감을 이해해, 벗어나고 싶지만 어디에도 갈 수 없는 너의 상황을 이해해, 생각보다 힘들 수도, 또는 생각보다 슬프지 않을 수 있다는 것도 이해해. 담백하게 어깨를 툭툭 치는 위로들이었다.

그러니까 부모의 죽음에서 장점을 찾자면, 가까운 죽음을 경험한 사람들을 위로할 수 있게 됐다는 것 정도다. 내가 먼저 경험했다는 이유로 섣불리 이해한다는 간섭이나 아는 척을 하게 되었다는 것을 의미하는 게 아니다. 다만 나는 그가 어떤 챕터를 넘었을 때 가까운 경계에서 그저 그를 볼 수 있다. 적당한 거리감으로, 당신이 느낄 복잡한 심경을 이해하고, 부디 그 과정에서 너무 혼란스럽지 않기를 바란다는 시선을 건네고 싶다. 최근에는 죽음을 경험한 지인들에게 홍차 세트를 보내는 습관이 생겼다. 모든 장례 절차가 끝나고 당신만의 숨을 돌리기를 바라면서.

하지만 여전히 타인을 제대로 위로하기는 어렵다. 나의 경험은 나의 경험일 뿐, 그의 상황을 완벽히 이해할 수는 없다. 내가 어떻게 행동하고 위로할지보다 상대방이 받게 될 감정에 더 중심을 두기로 한다. 그럼 어떻게 해야 할지 갈피가 잡히는 것 같다.

결혼식과 장례식 사이

2019년 6월, 어느 날의 기록

그날은 S가 결혼하는 날이었다. 고등학교 동창인 S는 21살 때인가 걔 남자친구와 닭갈비를 먹은 이후로 한 번도 본 적이 없다. 보통 이렇게 오랫동안 연락이 끊긴 동창은 결혼 소식을 뒤늦게 듣거나, 모바일 청첩장이 와도 가지 않았다. 그러나 나는 S의 결혼식에 갔다. 근래 잘 챙기지 못한 관계에 후회를 느끼게 된 탓이었다.

아빠의 장례를 치르던 중, 결혼을 앞두고 있던 S에게서 전화가 왔다. 소식 들었다고, 이런 일이 있는데 직접 못 가서 미안하다고, 임신 중이라 가기 어려울 것 같다고. 아니 괜찮아 S야, 이런 일로 오랜만에 연락해서 내가 미안하고 고맙다, 네 결혼식에 빨리 가고 싶다 주절거리는 내게 S는 울면서 말했다.

"너는 속이 없는 거야 아니면 정말 괜찮은 거야? 지금 내 결혼식이 중요해?"

아빠의 죽음 이후, 내가 놓치고 있던 관계를 참회하는 마음으로 사람을 만나게 됐다. 특히 장례식장에 와주고 연락해준 이들에겐 깊은 고마움을 느꼈다. 경사와 애사가 사람의 인생에 불러일으키는 강진을 경험하고 나니 타인의 일이 단순히 타인의 것으로만 느껴지지 않았다. 웬만하면 그들의 대소사에 참석해 그 순간을 함께하고 싶었다. 물론 이 생각이 얼마나 갈지는 모르겠다. 이제껏 나는 제도적 관계에 집착하는 것을 꺼려왔다. 한편으론 내가 관계의 출신 성분에 너무 예민하게 굴어왔던 것일지도 모른다는 생각도 들었다. 그럴 필요가 있었을까.

S는 나와 함께 닭갈비를 먹었던 그때 그 남자친구와 결혼을 했다. 9년을 연애했다는 소리였다. 당시 S는 임신 5개월 차에 접어들고 있었는데 드레스를 잘 골라서인지 전혀 배가 부른 기색이 없었다. S는 고등학교 시절, 내가 기억하던 그때 그 모습과 달라진 것이 단 하나도 없었다. 오랜만에 봐도 불편하지 않고 자주 봐온 사이처럼 편했다. 나는 웨딩드레스를 입은 S를 보고 왠지 울고 싶은 마음이 들었다. 겉으로만 "남편 눈빛이 S를 정말 좋아하는 것 같네"라고 주제넘은 말을 할 뿐이었다.

그날 다른 동창들도 몇 명 마주쳤다. 졸업 이후 처음 만나는 H는 두 품에 21개월 된 아기를 안고 있었다. 식 중에도 내 옆에 앉아 끊임없이 딸을 달래며 소란을 피우지 않으려 애를 썼다. '천장 스팽글이 장난 아니다' 그런 생각을 하며 테이블의 꽃잎을 잘근잘근 찢고 있는 나와 달리 H는 벌써 작은 인생을 책임지는 어른이 되었구나. 10년 만에 만난 동창의 결혼식만큼 각자 달라진 삶의 각도를 선명히 느낄 수 있는 곳도 없었다. 그리고 우리의 각도는 점점 더 커질 것이다.

S의 예식장은 족히 60개가 넘는 화환들로 가득 차 있었다.

정확하게 손으로 헤아려보지는 않았지만, 얼추 그 정도는 되는 것 같았다. S의 남편과 시아버지가 모두 경찰 공무원이라고 하던가. 그 앞을 거닐며 화환을 보낸 단체들을 구경했다. 경찰, 대학교, 법조인, 방송사 등등. 진심으로 S의 결혼을 축하하면서도, 마음 한편에선 결혼식장의 화환과 아빠의 장례식장에 온 근조 화환을 비교하게 됐다. 아빠의 장례식엔 화환이 8개였던가. 그것도 무슨 플라자, 무슨 산악회, 아빠가 일하다 죽은 근무지. 경사 앞에서 나는 조사를 떠올리게 됐고, 못내 아빠가 측은해졌다.

***

"너희 아빠가 사람은 참 잘 챙겼어."
"욕은 잘해도 화통한 사람이었다."
"네 아빠만큼 경조사에 잘 참석한 사람도 없지."
"집에서는 어땠는지 몰라도 밖에서는 참 잘했다."

빈소를 오래 지켜준 아빠의 친구들이 들려준 이야기들이었다. 물론 그 말들은 내게 전혀 도움이 되지 않았다. 아빠는 밖에서는 호인이었지만 가장으로서는 별로인 사람이었다. 우리는 단절되어 있었고 그런 거리감 탓에 일종의 유대감을 찾아볼 수 없었다. 화목한 가족관계에 대한 기대감이 없었던 이유도 단절이 지나치게 오래 지속된 까닭일 것이다. 대부분의 사람들이 외부로 인식되는 관계에서 더 성실하고 좋은 태도를 유지하기 마련이다. 그러나 사실 가까운 관계일수록 더욱 노력이 필요하다. 아빠에게도 나에게도 그 노력이 필요했다.

　삼일장이 끝나고 부의 명단을 정리했다. 200명가량이 왔는데 그 중 70%는 나와 엄마의 지인이었다. 아빠 핸드폰에 저장된 모든 사람에게 부고 문자를 보냈지만 아빠의 지인은 그리 많지 않았다. 밖에서 그렇게 잘했다면서 정작 마지막 가는 길을 배웅하러 온 사람이 이렇게 적다니. 장례식장에는 아빠가 이어주었다는 재혼한 커플 한 쌍이 왔다. 그들은 이틀 내내 장례식장을 지키며 향에 불을 붙이고 울었다. 아저씨와 아줌마는 내게 장례가 끝나면 참석 명단을 알려달라며 전화번호를 적어주고 갔다. 익숙한 얼굴들이 보이지 않아 그들에게 화가 나고 애통하다며, 누군지 확인 좀 해봐야겠다고 성난 얼굴로 말했다. 그 얘기를 전하자 엄마는 부조금 지폐를 세면서 정승 집 개가 죽으면 문전성시를 이뤄도 정승이 죽으면 한 명도 안 오는 거라고 대수롭지 않게 말했다.

나는 아빠가 경조사에 잘 참석했다는 말이 내내 걸렸다. 친구 자녀의 결혼식에도 자주 참석했겠지. 장례식장에서 육개장에 소주를 실컷 마시고 여느 때와 같이 목소리를 높이며 주변인들의 답답한 구석을 시원하게 긁어줬겠지. 상주 가족이 싫어해도 친구가 좋아했다며 향 대신 담뱃불을 붙이고 백화수복 대신 소주를 올렸겠지. 경조사가 결국 인간관계를 위해 뿌린 수금의 반복이라는 걸 떠올리면 아빠가 더없이 애잔해졌다. 아빠, 장례식에 온 사람들이 별로 없어요. 나는 결혼도 안 할 거니까 이젠 아빠가 건넨 정을 회수할 기회도 없을 거예요. 그런 생각을 하며 이상한 우울감에 휩싸였다.

S의 결혼식이 끝나자, 몇 명의 하객이 화환의 꽃들을 빼서 꽃다발을 만들었다. 아름답고 활기찬 광경이었다. 근조 화환 대부분은 뽑아갈 꽃도 없을뿐더러 장례 비용을 줄이기 위해서 장례식장에 처음 모습 그대로 반납해야 했다. 장례를 마무리할 때 삼촌이 멋대로 화환을 다른 운송업체 사람에게 돈을 받고 팔아버린 것을 알게 되었다. 사무실 직원이 와서는 성질을 냈다. 화환을 파셨냐고, 그러면 첫날 말씀드린 장례 혜택이나 할인이 말짱 도루묵 될 수도 있다고. 나와 엄마는 삼촌 대신 직원에게 연신 사과를 해야 했다. 감정 소모가 큰

사흘을 보내고 다시 머리를 조아리는 일이 버겁고 피곤했다.

　결혼식과 장례식. 자녀의 결혼식은 부모를 위해 필요하고, 부모의 장례식은 자식에게나 유의미하다. 의례에 참석할 때마다 이런 식으로 굴러가는 관습에 대해, 그럼에도 수없이 진행되는 허례허식에 대해, 만나고 살고 죽는 삶의 굴레에 대해 무의미함을 느낀다. 계획된 결혼과 느닷없는 장례, 축하 화환과 근조 화환을 비교하는 게 무의미하다는 것을 알면서도, 내가 결혼할 마음이 없다는 걸 모른 채로 아빠가 떠나서 다행이라고 생각한다. 만약 결혼식이 열렸을 때 내 화환의 개수를 누군가의 예식과 비교할 일이 없는 것도 다행이라면 다행이었다.

＊＊＊

　사실 S의 결혼식이 시작하기 직전, 전화 한 통이 걸려왔다. 수신인은 K선배였다. 다섯 학번 차이가 나는 K선배와는 아빠의 장례 이후 종종 연락을 주고받게 되었다. 선배는 내가 전화를 받기 바쁘게 내 컬러링 이야기를 하며 한참을 웃었다. 당시 나의 컬러링은 김성재의 '말하자면'이었는데, 선배는 네가 그 노래를 아냐며 되물었다. 나는 선배가 말하는 듀스의 역사와 김성재의 죽음과 90년대 음악, 고학번의 근황 같은 것을 끊지 못하고 듣고 있었다.

당장 식장에 들어가야 하는데도 K선배의 전화를 끊지 않은 것은 고마움 때문이었다. 고작 SNS 부고란을 보고 광주에서 차를 끌고 아버지의 장례식장까지 와주었던 그 정성에 대한 깊은 고마움.

"실은 그날 장례식장에서 집으로 돌아가던 새벽에 펑크가 났어. 차를 견인해야 됐지, 뭐."

그러니 이건 결혼식도 장례식도 듀스도 아닌, 아빠의 죽음이 이어준 관계와 진동하는 삶에 대한 지나치게 사적인 글일지도 모르겠다. 이기적으로 고립되어 있던 내 삶이 흔들리고 새로운 의존과 자립에 대해 고민하게 된 건 내가 마주친 어쩔 수 없이 거대한 사건 탓이다. 이런 일이 있고 나서야 깨우치는 것이 민망하고 쑥스럽지만, 이렇게라도 바뀌면 좋은 일이 아니겠냐고, 아무 일 없이 똑같이 사는 것보단 낫지 않겠냐고, 그렇게 스스로를 위로한다.

종일 정신이 없었을 텐데 S는 식이 끝나자마자 와줘서 고맙다는 메시지를 보냈다. 나는 '이런 건 나도 배워야 하는데'라고 생각하면서 다시 답장을 미뤘다. 종일 결심하고 다짐해도 집에 돌아오면 모든 의지가 사라지고 관성대로 리셋된다. 과연 나는 한 뼘이라도 나아질 수 있을까. 변할 수 있을까.

돌아온 나의 산

스물아홉, 여름날의 기록

창문을 한 뼘쯤 여니 시원한 밤바람이 불어왔다. 선풍기를 켜지 않아도 적당히 시원한 날씨가 고마우면서도, 한편으로는 걱정이 됐다. 내일 비가 오려나.

비가 오면 등산을 못 간다. 등산이 습관이 된 지 오래되지 않았음에도 등산에 빠졌다는 말을 하는 게 민망하다. 하지만 아무래도 좋다. 나는 지금 등산에 빠졌다. 고향에 내려오고 얼마 지나지 않아서부터 산에 오르기 시작했다. 가까운 거리에 걸어 다닐만한 야트막한 산이 있었다. 동네 전체가 하나의 산을 위해 형성된 듯 모든 길이 숲으로 통했다. 해가 중천에 뜰 때까지 늦잠을 자던 내가, 요즘엔 오전 7시에 일어나 집을 나선다. 그렇게 두어 시간을 걷는 일과가 하루 중 가장 좋아하는 시간이 되었다.

'악!' 소리 나는 험준한 악산惡山과 다르게 우리 동네 뒷산은 입구 초입의 가파른 경사만 넘으면 완만하고 리듬감 있는 흙길이 이어지는 만만한 고개에 가깝다. 산을 거닐 때면 습관처럼 꽂고 다니는 이어폰도 뺐다. 공기 속을 떠다니는 소리를 하나씩 수집하며 가볍게 흙을 밟았다. 바람 소리, 새 지저귀는 소리, 지나가는 등산객의 블루투스 스피커 소리, 아줌마들의 수다 소리를 들으며 발목에 힘을 주고 촉촉한 땅을 걷는다. 가끔 앞서가는 사람을 따라 팔을 앞뒤로 흔들면서, 가끔은 가파른 길 대신 먼 둘레길을 돌아간다.

체력이 약한 나는 쉬운 코스로 걷지만, 체력이 좋은 등산객들은 험준한 산길을 두 고개나 더 오른다. 힘들어도 하산 코스가 다양하니 내려오는 것은 걱정 없다. 절반쯤 가다 내려오면 모교가 나오고, 다 돌고 휴게소를 통해 내려오면 벚꽃

나무가 아름답게 핀 대학로가 있다. 어느 길은 바로 시내로 통해 배가 고픈 아침에는 곧장 패스트푸드점으로 향하기도 한다. 그러니 이 산에서는 포기도 즐거운 일이다.

처음 산에 올랐던 것은 초등학교에 입학할 즈음이었다. 아빠는 주말마다 나를 데리고 산으로 갔다. 남들보다 빨리 성장통을 겪고 다리 한 마디가 길어질 때쯤, 나는 자전거를 배우고 붉은 자전거 도로를 질주하기 시작했다. 높은 오르막길에서는 자전거를 질질 끌고 오르며 숨을 헐떡이고, 내리막길에서는 자전거에서 발을 떼고 얼굴로 바람을 시원하게 맞던 어린 피부의 감각이 생생하다. 시냇물이 흐르는 냇가 한편에 자전거를 세우고 올챙이알을 구경하고, 자전거를 타다 속도 조절을 하지 못해 개울가에 처박혀 다리에 피를 철철 흘리기도 했던 아홉 살의 기억이 되살아나는 이곳. 아빠는 내가 넘어지면 얼린 생수를 감싸고 있던 손수건으로 무릎을 닦아주곤 별거 아닌 듯 나를 일으켜주었다.

자주 넘어지던 아홉 살의 나는 어느새 스물아홉이 되었다. 집을 떠난 나는 더 자주 넘어졌고 그때마다 홀로 일어나야 했다. 직장 생활이 맞지 않아 어렵게 들어간 대기업을 퇴사하고 미얀마로 가는 비행기 티켓을 끊고 훌쩍 한국을 떠났다. 그렇게 1년 가까이 타지를 떠돌다 귀국한 나는 고향에는 잠깐만 머물 생각이었다. 그러나 급작스럽게 아빠가 세상을 떠났다. 모든 계획은 보류되었고, 아빠의 빈자리를 채우려는 이 큰딸은 다시 자석처럼 고향집에 눌어붙었다. 돌아온 고향의 난간을 손으로 쓸면 어릴 때 기억이 먼지처럼 뿌옇게 떠올랐다. 10년을 잊고 산 동네의 지리가 단 며칠 만에 관성처럼 익숙해졌다.

어떤 정답도, 미래도 없이 지지부진하게 하루를 흘려보내던 나는 문득 '산에 가고 싶다'는 생각을 했다. 그렇게 아빠와 함께 가던 등산로를 혼자 오른 지 한 달째다. 짙푸른 여름의 나뭇가지 사이로 일렁이는 햇빛을 바라보는 일이 미래에 대한 확신을 주는 건 아니다. 그럼에도 조용히 제자리에서 일렁거리는 나뭇잎의 움직임에서 잠시 이렇게 지내도 괜찮을 거란 담담한 위로를 받는다.

다시 이곳으로 돌아와 매일 산길을 걸으며, 나는 자전거를 타고 넘어졌던 아홉 살의 나를 만난다. 스물아홉의 나는 아홉 살의 내가 슬프지 않도록 손을 꼭 잡고 내려온다. 다시 넘어지지 않도록, 수렁으로 굴러떨어지지 않도록, 혼자 다치고 울지 않도록. 그렇게 나는 산에서 아빠를 기억하는 동시에 흘려보낸다.

때로는 종종 모든 게 버거운 순간이 찾아온다. 불과 얼마 전까지 세상을 떠돌다가 좁은 동네에 갇혀 아빠의 신변 정리를 하고 있는 내 처지를 생각하면 쉽게 허무해졌다. 그럴 때는 산을 걸으며 먼 곳으로 가는 상상을 한다. 땀을 흘리고 축축한 땅을 밟는 걷기의 시간 동안 후텁지근하게 더운 태국으로, 서늘하고 파란 포르투갈로 향한다. 등산로 위에서 어느 때보다 자유로워질 수 있다. 여기서 나는 어디로든 갈 수 있다.

삶을 수습하느라 벅찬 나날이 숨 가쁘게 이어질 때, 등산을 하는 시간은 내가 무너지지 않고 하루를 보낼 기회를 선사했다. 걷고 또 걸으면서 어제 못한 일, 오늘 할 일, 내일 할 일을 생각한다. 머릿속으로 생각한 것과 입 안에서 굴리는 말들의 속도, 내 발걸음의 속도가 삼박자로 잘 맞을 때는 기분이 상쾌하다. 걷고 또 걸으면서 나만의 호흡을 찾으려 노력한다. 남들에게 휘둘리지 않는 속도를 찾기 위해 애쓴다. 남들보다 느슨하게 산을 오르지만 초조하지 않다. 생각만큼 하루를 잘 지내지 못해도 괜찮다. 오늘의 자괴감을 내일의 걷기가 해소해줄 것이다.

가끔 이 완벽한 코스를 장마철에 알게 된 것이 서럽다. 무더위가 쉽게 가시지 않는 여름밤, 나는 매일 창문을 열고 내일의 습도와 바람을 점친다. 내일은 비가 오지 않기를, 산에 갈 수 있기를 바라면서.

돌아온 나의 산, 이곳에서 나는 조금씩 일어서고 있다.

사연에는 후배가 없다

"건강하게 오래 살자."

"평생 습관 못 바꿔. 그냥 이렇게 살다 죽으련다."

산행에 엄마를 데려오기까지가 마냥 쉽지는 않았다. 여러 차례 다툰 끝에 함께 오르게 된 산이었다. 선선한 날씨, 그늘 진 산길, 견딜 만한 경사, 부연 설명이 필요 없이 아름답고 푸르기만 한 녹음……. 산을 오르는 내내 엄마도 상쾌하고 즐거운 기색이 역력했다. '거봐, 좋지?' 생색을 내고 싶었지만 참았다. 그런 얘기를 들으면 더 아무렇지 않은 척하고 싶은 게 사람 마음이니까. 나도 손에 꼽는 저질 체력이지만 이 집안에서는 운동 코치인 듯 행세한다.

등산 도중 엄마에게 전화가 걸려왔다. 친한 회사 동료였다. 수화기 너머로 "딸이 산에 끌고 갔어?"라고 묻는 목소리가 들렸다. 딸이 운동 때문에 어지간히 지랄한다고 욕하고 다닌 모양이었다. 사실은 건강을 챙겨주는 딸의 존재를 투덜대는 척 자랑하는 식의 화법이다. 모든 엄마의 화법은 이런 걸까? 다들 진심을 말하는 방법을 모르고 살아온 것처럼 말한다. 좋은 것은 싫다고, 싫은 것은 괜찮다고 한다.

그런 말투는 우리 모녀 사이를 자주 악화시켰다. 이제 나는 엄마가 그런 말투를 쓰게 된 지난한 삶, 타인에게 벽을 치고 곁을 내주지 않게 된 복잡한 사건들에 대해 생각하려고 노력한다. 싸워봤자 나아질 게 없다는 걸 알게 됐고, 장례식 이후 전우애 비슷한 감정이 우리 세 모녀 사이에 생긴 게 분명했다.

때문에 나도 내가 느끼는 감정을 직설적으로 말하기로 했다. 우리는 오래, 함께해야 하므로.

"옷이 깜찍하네?"

"몸에 비해 작은 옷을 입은 게 보기 불편한 거면서, 그걸 깜찍하다고 돌려 말하는 게 전 섭섭해요."

엄마는 그날 저녁 나에게 "네가 그렇게 말하는 걸 듣고 말하는 걸 고쳐야겠다고 생각했어"라고 했다. 뒤늦게야 서로를 상처 주지 않는 법을 배운다. 좋은 것은 좋다고 싫은 것은 싫다고 말할 수 있어야 한다.

"엄마랑 산에 와서 너무 좋네. 우리 건강하게 오래 살자."

이렇게 말하면 엄마도 쑥스러운 듯 몇 초간 말이 없다가 머지않아 자기도 좋다고 대답한다. 우리 모두에게 충분한 시간이 필요하다.

***

등산 중 엄마에게 전화를 건 직장 동료는 얼마 전 전남편이 죽었다고 했다. 전화의 목적은 술. 기분이 울적하니 오늘 일 끝나고 술 한잔하고 싶은데, 나올 수 있냐는 것이었다.

"쉬는 날인데 술 먹으러 나오라는 거야?"

"전남편이 죽었다잖아. 사정이 있어서 장례식에 못 갔대. 우울해서 같이 술 먹자는 거지."

"왜 못 갔대? 우린 아빠 애인도 오는 마당에."

"거기 부인이 뭐라 그랬다나? 하여튼 뭔 사연이 있나 봐."

"그렇다고 쉬는 날에 불러? 전남편 죽은 것보다 현남편 죽은 사람이 더 힘든 거 아니야?"

나는 주위 등산객이 지나간 틈을 타 '전남편'과 '애인'을 비교하며 나름대로 엄마 편을 들었다. 엄마 친구의 무신경함에 대해 흥분한 척, 엄마에게 부리는 일종의 애교였다. 엄마는 "이것도 내 사생활이다"라며 대화 주제를 돌렸다. 나는 전남편과 헤어진 지 14년이 지난 후에도 장례식조차 갈 수 없는 그분의 사연에 대해 생각했다. 14년 떨어져 산 전남편의 죽음과 전날까지 같이 산 현남편의 죽음을 비교하고 고통의 점수를 매기는 것이 무슨 의미가 있을까. 잠깐 스스로가 부끄러웠다. 아픔에는 선배가 없고, 사연에는 후배가 없다.

고통에도 등급이 있다는 생각이 나를 자주 괴롭혔다. 정신의학 전문의 정혜신의 저서『죽음이라는 이별 앞에서』에서는 참사, 죽음, 재난 등의 고통스러운 시간 이후를 보내는, 남겨진 사람들의 이야기를 다룬다. 이 책 속에는 자신보다 더 힘든 고통을 가진 사람들과 내 고통을 비교하며, 자신의 고통을 억누르는 사람들이 등장한다. '태어나면서부터 가족이 없었던 사람도 있는데, 그런 사람들도 침묵을 유지하는데, 감히 내가 가족을 잃은 고통을 함부로 말해도 되는 걸까?' 같은 생각을 한다.

나보다 더 어린 나이에, 더 억울하게 가족을 잃은 사람이 많은데 내 고통을 드러내도 되는 걸까? 이런 자기 검열에서 쉽게 벗어나지 못한다. 그래서 사적인 내 고통에 대해 발화하기가 주저되었다. 남의 아픔에는 쉽게 눈물을 흘리면서, 내 아픔에서는 멀찌감치 떨어져 객관적 태도를 유지하려 애썼다. 그러는 사이 나는 앞으로 가는 방법도, 뒤로 눕는 방법도 잊어버리고 제자리에서 맴돌게 된 것인지도 모른다.

내게 필요한 것은 '개별적이고 주관적인 내 고통'에 집중하는 것이다. 그렇게 내 슬픔을 말하고, 서로의 아픔을 공유하다 보면, 언젠가 다시 잘 걸을 수 있지 않을까? 엄마 말대로 위로는 우리 삶에 꼭 필요한 사생활이다.

***

추모공원에 들를까 했으나 하산 시간이 애매해서 가지 않기로 했다. 엄마는 그곳에 누가 다녀갔는지 궁금해서 가보고 싶은 모양이었다.

"누가 왔는지 어떻게 알아? 방문록을 적는 것도 아닌데."
"그 여자라면 꽃이라도 달지 않겠어?"

나는 장례식장에서 그 여자, 그러니까 아빠의 '애인'이 왔을 때도 애인인지 몰랐다. 그 사람은 우리 가족과도 일면식이 있는 사람이었다. 물론 부모의 관계는 아주 오래전부터 허울뿐이었기에 상처받는 사람은 없었다. 다만 장례식 때 그 여자의 손을 잡고 울먹인 게 엄마를 배신한 것만 같아서 미안한 마음이 들었다. 입관식에도 들어온 걸 보고 '어지간히 친했나 보다'라고 생각한 내가 눈치가 없었다. 죽고 나서 까발려지는 사생활을 직면하고, '내 장례식은 미리 잘 준비하겠다'라는 묘한 목표 의식이 생긴 것은 덤이었다.

엄마에겐 미안한 말이지만, 사실 나는 그 여자가 추모공원에 와도 상관없었다. 누구라도 아빠를 기억하고 방문한다면 아빠에겐 좋은 일 아닌가. 어쩌면 아빠가 죽기 전, 가장 친한 사람은 나도 엄마도 아니고 그 여자였을 수도 있다. 그렇다면 그 사람에게도 위로가 필요할지도 모른다. 사연에도 순서가 없듯이 슬픔도 마찬가지다. 그렇다고 그 사연에 내가 위로를 건넬 수는 없겠지만 말이다.

> 한 사회에는 거기 몸담은 한 인간의 감정이 옅지만 넓게 희석되어 있다. 한 인간의 마음속에 뿌리를 내린 슬픔은 이 세상의 역사에도 뿌리를 내리고 있다고 믿어야 할 일이다. 한 인간의 고뇌가 세상의 고통이며, 세상의 불행이 한 인간의 슬픔이다.
>
> — 황현산 『황현산의 사소한 부탁』 (난다, 2018)

또한 나는 이 구절을 빌려 나의 슬픔을 받아들이려 한다. 뿌리 내린 슬픔이 오로지 나만의 것은 아니며, 그것이 바로 내가 이 슬픔을 온전히 받아들여야 하는 이유라고.

글루텐 프리 가족

아빠의 여자친구는 내가 오래전부터 알고 지낸 사람이었다. 유치원을 다니던 무렵, 우리 가족과 그 아줌마네 부부가 함께 계곡에 놀러 가서 찍은 사진이 아직도 집에 걸려 있다. 아줌마는 아빠의 오랜 친구기도 했던 남편과 사별한 후 동네에서 오랫동안 미용실을 하며 자식을 키웠다. 나는 그 아줌마가 아빠의 '여친'이라는 사실을 아빠가 죽고 나서 알게 됐다. 아빠의 지갑 속에는 3개의 전화번호가 적힌 구겨진 종이가 한 장 들어 있었다. 나와 ○○엄마, 그리고 '여친'의 번호. 엄마와 여친이라는 단어가 나란히 올 수 있음이 묘하게 느껴졌다. 더불어 아빠가 연애를 했다는 것보다 '여친'이라는 줄임말을 사용한다는 게 새삼스러웠다. 스마트폰도 익숙하지 않아 폴더폰만 쓰던 늙은 아빠가 그런 표현을 사용하다니.

부모의 연애에 놀라지 않았던 것은 우린 이미 해체된 가족이라 봐도 무방했기 때문이었다. 부모의 스킨십을 마지막으로 본 건 초등학교 3학년 때쯤이었다. 아빠가 하던 중개업이 망하고 가정이 기울어진 시기와도 겹쳤다. 우리 가족은 접착력이 휘발된 포스트잇처럼 간신히 붙어 있는 전형적인 IMF 가족이었다. 그러니 족히 20년이나 되는 로맨스의 공백을 연애로 채우는 것도 각자의 행복을 위해서라면 이해할 수 있는 일이었다.

언젠가 엄마와 소주를 거나하게 마신 날, 술에 취한 엄마는 대수롭지 않은 얼굴로 그 아줌마에게서 온 문자를 보여줬다. 근황을 묻는 싱거운 내용이었지만 중요한 것은 엄마가 아빠에게 애인이 있다는 사실을 이미 잘 알고 있었다는 것이었다. 엄마는 덤덤해 보였고 엄마와 아빠 사이는 치정이란 단어를 붙일 수 있는 시기마저 오래전에 지난 듯했다. 내가 궁금한 것은 왜 붙어서 살았냐는 것이었다. 그러나 문제라는 걸 느꼈을 때, 이미 조정 가능한 타이밍을 한참 전에 지나친 종류의 일이 삶에서 종종 발생하는 듯했다.

우리 가족은 서로의 존재를 모르쇠로 일관하면서도 기어코 붙어 있었다. 아는 것보다 모르는 게 많은 이 가족은 간신히 현상 유지를 하며 각자의 연애를 한다. 나도 그런 걸 다분히 이용하고 있었으니 할 말은 없다. 엄마는 내게 빨리 결혼하라고 하면서도 내가 몇 명의 남자와 잤는지는 상상조차 하기 싫어했다. 어쩌면 이미 알고도 모른 척하는 것일지도 모른다.

남들이 보면 '콩가루 가족'이라고 부르기 딱 좋은 가족이었다. 콩가루는 글루텐이 없어 밀가루처럼 뭉쳐지지 않기 때문에 유대관계가 깨진 가족을 비유할 때 사용된다. 그런데 우리 가족은 뭉쳐지지 않는 상태를 꽤 안정적으로 유지했다. 아이러니하지만 이것도 어떤 유대관계라면 유대관계가 아닌가 싶었다. 좋은 건지 나쁜 건지, 대답할 수는 없지만.

세 모녀, 등산을 시작하다

나의 등산은 여전히 계속되고 있다. 달라진 게 있다면, 엄마
와 동생이 함께하기 시작했다는 것 정도다. 건강에 대한 무책
임함도 일종의 유전이었다. 음식을 짜게 먹고 과일을 먹지 않
거나 밥을 먹고 바로 눕는 안 좋은 습관은 우리 집안의 내력
이었다. 내가 종종 부모님에게 운동과 식이요법을 제안하고,
술과 담배를 줄이라고 잔소리를 하면 듣기 싫은 소리를 들었
다는 듯이 그들은 대꾸했다.

"이미 다 살았는데 지금 와서 뭐가 대수냐."

괜히 습관을 바꾸며 스트레스를 받을 바에는 그냥 이렇게 살겠다는 논리였다. 나는 건강을 챙기지 않는 부모님에게 화가 났지만 별다른 말을 더할 순 없었다. 나 역시도 그리 모범적인 생활 습관을 가지고 있진 않았다.

그랬던 우리가 벼락 맞은 듯 정신을 차리게 된 것은 갑작스럽게 아빠를 떠나보내면서였다. 직접적인 사인은 심근경색이었지만, 우리 세 모녀는 지금껏 우리가 지속해온 안 좋은 습관들로 인해 결국 아빠를 빨리 보내게 되었다는 사실을 인정할 수밖에 없었다. '이미 다 살았는데 뭐가 바뀌겠냐'는 태도가 더는 통하지 않게 되었다. 사랑하는 사람의 죽음 앞에서 우리는 삶의 진동을 온몸으로 느껴야 했다.

아빠의 죽음은 우리 가족의 미래를 재설계토록 자극하는 전환점이 되었다. 세 여자만 남은 이 집에서 건강하고 지속 가능한 삶을 구축해야겠다는 뒤늦은 욕구가 생겨났다. 엄마와 여동생을 들들 볶아 집 밖으로 이끄는 건 내 몫이었다.

* * *

"무슨 등산? 안 해."

처음엔 동생도 등산을 꺼렸다. 집 근처 놀이터나 간단하게 돌면 될 것을 굳이 등산까지 하냐는 것이었다. 하지만 혼자서 등산을 몇 번 다닌 나는 등산이야말로 우리 가족이 꼭 같이 만들어야 할 습관이라고 생각했다. 등산은 단순히 건강을 위해서만이 아니라, 슬픔과 잡생각이 많아 일상이 벅찬 사람에게도 느긋한 사색의 시간을 선물해줬다. 내게 그랬던 것처럼 엄마와 여동생에게도 등산이 도움이 될 것이라 굳게 믿었다.

며칠 간의 잔소리가 이어진 끝에 결국 동생도 산행에 함께했다. 드디어 세 모녀가 정상에 올랐다. 선선한 날씨, 그늘진 산길, 견딜 만한 경사, 부연 설명이 필요 없이 아름답게 푸르기만 한 녹음까지.

"날씨가 이렇게 좋은 줄 몰랐네."
"걸으니까 좋다."

우리 동네에 걷기 좋은 산이 있어 다행이다. 산의 중간중간과 정상에 생활체육 기구가 많다는 사실도 처음 알게 되었다. 나무에 등을 부딪치는 아저씨를 따라 등도 쳐보고, 허리를 이리저리 돌리며 스트레칭도 했다. 운동이란 그저 이렇게 조금씩만 노력하면 된다는 것을 우리 세 모녀는 다소 늦게 깨달았다. 거창할 필요가 없었다.

산을 오를 때면 산을 사랑하는 이웃들이 많다는 사실을 새삼스럽게 마주친다. 다들 소중히 시간을 차곡차곡 저축하고 있다. 시간을 내 이곳에 추억을 쌓고 있다. 항상 집에서 TV를 보거나 술을 마시고, 공통된 취미 생활이 없던 가족관계가 억울한 생각이 들었다. 다들 이렇게 좋은 날씨를 즐기며 행복한 얼굴로 걷고 있었구나. 그간 우리는 어떤 걸 놓쳐왔던 걸까?

아픈 일도 별거 아닌 것처럼 의연하게 일어날 수 있도록, 우리 가족은 일어서는 법을 천천히 배워가는 중이다. 하루빨리 아빠의 죽음을 잊겠다거나, 강철 체력이 되겠다는 허황된 기대나 목표 없이 그저 오늘을 걷기로 한다. 가끔은 수다를 떨면서, 가끔은 서로의 보폭을 존중한 채로 그저 조용히 축축한 오솔길을 걷는다. 우리는 멀리 볼 거니까. 그리고 우리는 함께 멀리 갈 테니까.

3부 _세 여자의 애도법

세 모녀는 우리다운 애도법과 삶을 이곳에서 찾아가는 중
이다. 우리조차 알지 못하게 조금씩 건강해지고 있는 건 덤이
다. 일주일에 두 번, 단 두 시간. 그렇게 함께 산을 오른다. 우
리가 믿는 단 하나의 진실은 이것이다. 이렇게 쌓인 시간들이
우리를 외면하지 않을 거라는 것.

못자리는 왜 보러 가요

아빠가 돌아가시기 전에 써진 글

"할머니랑 할아버지 못자리가 엄청 예뻐. 보러 가자. 저번에 이모랑 갔었는데 엄청 좋았어."

엄마와 여동생과 함께 안동 할머니 댁으로 내려가는 날, 차 안에서 엄마의 말에 굳을 수밖에 없었다. 못자리라. 외갓집으로 향하는 고속도로 위에서 듣기에는 자연스러운 단어가 아니었다. 그것도 정정하게 살아계신 할머니와 할아버지를 보러 가는 중에 말이다.

그리고 예쁘다고? 묫자리가 예쁘면 무엇이 좋지? 묫자리
보러 가는 게 좋을 수가 있는 걸까?

별다른 대꾸를 하지 않고 할머니 집에 도착했다. 하지만
나는 할머니 앞에서도 묫자리 얘기를 꺼내는 엄마에게 기함
할 수밖에 없었다.

"이따가 밥 먹고 할머니랑 묫자리 보러 가자."

심지어 이번에는 할머니랑 같이 가자는 얘기였다. 나는 엄
마에게 나지막한 목소리로 "엄마! 할머니 앞에서 묫자리 얘기
를 하면 어떡해!" 속삭이며 눈치를 봤다. 그러나 엄마와 할아
버지, 할머니는 모두 괘념치 않아 보였다. 엄마는 "뭐 어때?"
정도로만 내 말에 반응했다. 그 자리에서 불편한 것은 오로지
나 하나였다.

* * *

결국 나는 묫자리를 보러 갔다. 안동 추모공원은 할머니
집에서 차로 10분 정도밖에 걸리지 않는 가까운 곳이었다.

할머니와 할아버지의 묏자리는 실제로 좋았다. 그곳은 산굴곡이 한눈에 내려다보이는 전망 좋은 위치에 있었다. 나는 엄마가 계속 묏자리를 구경하러 가자고 한 이유를 어렵지 않게 알아차렸다. 목 좋고 집과 가까운 이곳에 두 분이 묻힌다고 생각하니 이상하게 안심이 됐다. 집처럼 느껴질 것 같아 당신들도 마음이 편하실 것 같고, 또 근처 사는 가족이 오기도 좋을 것 같다. 무엇보다 햇빛이 따스히 잘 들었다.

묏자리는 이미 한참 전에 할아버지가 사두신 것이라고 했다. 자식들에게 폐 끼치기 싫어서 미리 사두신 것이라고. 묏자리 하나가 600만 원 정도라는 것도 처음 알게 되었다. 부부의 묏자리니 족히 1,000만 원이 넘었다. 죽음을 정갈히 준비하는 노인의 이야기는 책이나 다큐멘터리에선 많이 보았지만, 나의 할아버지도 그 당사자였다는 사실이 낯설었다.

할머니와 할아버지 자리 옆에는 빈자리가 두 곳 더 있었다. 오래 알고 지낸 이웃의 묏자리라고 했다. 살아 있을 때 친했던 이들끼리 죽어서도 사이좋기로 한 것이다.

할아버지는 이 추모공원에서 가끔 아르바이트를 했다. 여든이 훌쩍 넘은 나이에도 일을 하실 정도로 정정하신 분이었다. 그러니 나는 할머니와 할아버지가 여기에 묻히게 될 날을 아직은 상상할 수 없다. 다만 가시게 될 그날엔, 당신들이 생에 좋은 일만 했다는 기쁨만 가지고 떠나시길 바랄 뿐이다.

생각보다 묫자리 투어는 명랑한 분위기였다. 눈 언덕에서 미끄러진 엄마를 삿대질하며 철딱서니 없이 한참 웃기도 했고, 엄마와 함께 사진도 찍었다. 추모공원에 온다고 우중충하게만 있을 필요가 없다는 것도 이젠 알게 되었다.

A3, 231, 233
묫자리 위치를 잊지 않기 위해 메모장에 적어두었다.

***

돌아오는 차 안에서 우리는 엄마의 죽음에 관해 이야기를 나누었다.

"너 나 죽으면 어떻게 해야 되는지 알지?"
"내가 그걸 어떻게 알아?"
"너 어릴 때 말했잖아. 그걸 기억을 못 해?"

"내가 어릴 때 그런 얘기를 했어? 어린애한테 너무한 거 아니야?"

엄마는 자신을 화장해서 납골당에 안치하라고 했다. 내가 사는 가까운 곳에 두라면서. 자주 와달라는 얘기였다.

"너희 아빠가 사둔 금산 묘, 거긴 너무 멀어."

부모들은 모두 각자의 죽음을 준비하고 있었다. 그리고 나이를 먹을수록 자식들에게 계획을 조금씩 흘리는 것이다. 느닷없이 놀라지 않도록.

사실 부모의 죽음, 조부모의 죽음에 관한 생각은 최대한 미루고 싶다. 하지만 묫자리 탐방과 엄마가 원하는 죽음 이후를 들으며, 이상하게 미뤄온 일을 끝냈을 때의 후련함을 맛보았다. 가족의 죽음을 진지하게 생각하는 것만으로도 남은 생에 내가 해야 할 일을 깨닫게 되기 때문일 것이다.

4부

나의 죽음은
나의 생을 깨운다

미래의 추모공원

OO시립 추모공원에서는 코로나19 감염병 차단을 위하여 9월 23일~10월 7일까지 방문 예약제를 실시합니다. 자세한 사항은 000-123-4567 또는 홈페이지 (OO시청, OO도시공사) 공지 사항을 참고하시기 바랍니다.

추석 전 날아온 문자다. 코로나로 인해 추모공원도 예약제로 변모했다. 명절 때면 붐비는 게 일반적이었지만, 아무래도 팬데믹 시대에는 장례 업계에도 변화가 필요한 모양이다. 감염병을 예방하기 위해 기존 추모공원에 등록된 보호자에게만 연락이 가는 철저한 예약제 시스템이 생겼다. 문제는 이 문자가 가족 구성원 중 나에게만 왔다는 점이다. 만약 나마저도 몰랐다면? 예약 없이 명절에 추모공원에 갔다면 어떻게 됐을까?

실제로 그런 일이 벌어지는 모양이었다. 추석 연휴 이틀 전에 찾아간 추모공원의 모습은 예전과는 확실히 달랐다. 길게 늘어진 줄도, 주차장을 꽉 채운 승용차도 없었다. 체온을 측정하는 부스에서 벌어지는 실랑이만이 고요한 추모공원을 채웠다.

"저기요, 저희 전주에서 왔거든요?"
"멀리서 왔는데 예약 좀 안 했다고 출입할 수 없다니요?"
"우리는 예약 연락을 받지 못했다니까요."

미래의 추모공원에 대해 잠시나마 생각해본 순간이었다. 철저한 예약제, 디지털화 등등. 어쩌면 미래에는 문득 고인이 생각나서 충동적으로 납골공원에 들르거나, 우연히 같은 날에 방문해 국화를 두고 가는 드라마 속 장면은 사라질지도 모르겠다. '목적 없는 애도'가 불가능해지는 것이다.

추모공원은 순전히 산 자를 위한 애도의 공간이다. 미래의 애도는 어떤 모습일까? 남은 자가 죽은 자를 더 잘 애도할 수 있는 공간으로서 추모공원은 어떻게 변화해야 하는 걸까? 그 과정에서 배제되는 사람이 정말 없을까?

*　*　*

몇 년 전 유럽의 성당을 여행하며 인상 깊었던 점이 바로 봉헌奉獻을 하는 방식이었다. 옛날처럼 촛불에 성냥으로 불을 켜는 곳은 많지 않았다. 대신 동전을 넣으면 불빛이 들어오는 LED 촛불들이 그 자리를 대신했다. 어쩌면 머지않아 결제도 동전이 아니라 핸드폰으로 하게 되지 않을까? 아른거리며 흔들리는 촛불에 비해 LED 촛불은 다소 작위적인 느낌이 들었다. 이건 아마 디지털 물성에 대한 여전한 거부감에서 비롯된 것일지도 모른다. 그러나 적어도 화재의 위험과 불필요한 쓰레기의 탄생은 줄어들 테니, 발전에 따른 변화에도 익숙해질 필요가 있다.

시간이 지나면 이 거부감도 곧 사라질 것 같다. 오히려 디지털 기술이 애도의 몰입을 더 도와줄 것이다. 앞서 언급했듯이 일본에는 유골함 대신 LED 부처가 켜켜이 쌓인 추모공원이 있다. 작은 불상이 파란색, 노란색, 녹색, 분홍색 조명을 내뿜으며 반짝인다. 유족의 외로움을 덜어주고 싶다는 생각으로 탄생된 공간은 쓸쓸함 대신에 즐거운 분위기를 낸다. 빛은 으레 부처님 그리고 지혜를 의미한다. 기술의 발전은 전혀 다른 방식의 추모공원을 탄생시키기도 한다.

어쩌면 유골함을 보관하는 현 추모공원의 유효기간은 한 세기도 남지 않았을지도 모른다. 더욱 많은 사람이 죽을 테니, 뼈를 보관할 장소는 줄어들 것이다. 화장된 뼛가루 역시 수분관리가 지속적으로 필요하다. 100년이 지나고 나의 뼛가루를 관리해줄 관리자가 있을까? 게다가 화장과 골분은 매우 비환경적이다. 미래에는 망자의 신체를 자연 분해해 손톱만 한 크기로 보존할지도 모른다. 어쩌면 VR이나 홀로그램을 통해 고인을 보게 될 수도 있을 것이다. (심지어 이미 그런 곳이 있다) 디지털 기술의 발전이 망자를 더 잘 떠올리고 생생하게 애도할 수 있는 방식으로 변화되는 것이 기대된다. 어쩌면 이제 장례업을 담당하게 될 사람들은 아트 디렉터의 형태로 발전될 수 있다는 생각도 했다.

하지만 미래의 추모공원의 모습이 밝지만은 않다. 미래엔 애도의 양극화가 극심해질 가능성이 높다. 기술 이용이 원활한 사람과 그렇지 않은 사람 사이의 삶의 질에도 많은 격차가 생길 가능성이 크다. 훌륭한 디지털 기기 및 서비스를 이용하는 사람들과 그렇지 않은 사람들의 격차가 생길 것이다. 고화질의 추모와 저화질의 추모가 존재하게 될 수도 있다.

모든 사람에게 애도의 권리가 평등하게 주어지는 미래의 추모공원은 어떤 모습일까? 어쩌면 추모공원 자체가 사라질지도 모르겠다. 대신 추모와 애도에도 눈에 보이는 등급이 생겨날 것이다.

사후 가난

근대 해부학은 가난한 사람의 시신을 발판으로 급격히 성장했다. 인간의 몸과 질병을 제대로 이해하기 위해선 인체 해부가 필요했으나 당시 유럽에선 신선한(훼손이나 부패가 적은) 시신을 구하기 어려웠다. 이후 의과대학이 급증하고 해부용 시체의 수요도 더불어 늘어나며 새로운 직업이 등장했다. 흔히들 그들을 시체 절도꾼이라 불렀다. 그들이 해부학자에게 넘긴 시체는 대부분 가난한 자들의 시체였다. 목관을 이용하거나 그마저도 없어 공동묘지에 그대로 묻힌 시신은 쉬운 도난의 대상이 되었다. 그들의 시체가 도굴될 때 부자들은 훨씬 단단하고 열기 어려운 비싼 관을 구매했다. 또한 안전하게 사체를 관리하는 서비스가 유행하기까지 했다고 한다. 부유한 사람이 죽음 이후에도 안전을 보장받게 되는 것이다.

2018년, 데이터의 가치가 석유를 능가했다. 이제 부유한 사람들은 죽음 이후에 데이터를 보호하는 방식으로 안전을 보장받는다. 옥스퍼드 인터넷 연구소에 따르면, 2050년 페이스북엔 산 사람의 계정보다 죽은 사람이 더 많아질 것이라고 한다. 2100년에는 플랫폼에 50억 명 이상의 고인 프로필이 클라우드에 떠다닐 예정이다. 그러나 당장은 죽은 자의 프라이버시에 관한 법이나 관례가 없다. 부자들은 일찍이 데이터의 경제적 가치와 사적 소유권의 중요성을 파악했다. 그들은 사후 데이터에 대한 거대 기업의 독점에 문제를 제기했고, 본인들의 개인 정보가 무단으로 이용되지 않도록 유언장에 사후 프라이버시 항목을 추가했다. 부자들은 21세기에도 '데이터의 관'을 만들어 안전한 죽음을 보장받는다. 미래의 빅데이터엔 살아생전 데이터 소유권을 주장하지 못한 빈자의 삶이 담길 확률이 높다.

오늘날, 사후 가난의 불평등은 더 복잡하고 눈에 보이지 않는 형태로 심화되고 있다. 가난한 자의 존엄은 과거에는

'몸'의 형태로, 미래에는 '데이터'의 형태로 저당 잡힌 셈이다. 빈자는 죽어서도 손쉽게 삶이 부검된다. 가난이 끝날 때까지 끝난 게 아닌 이유다. 누군가는 죽음 이후의 불평등은 생전의 삶에 악영향을 주지 않는데 무엇이 문제냐고도 묻는다. 그러나 개인과 세상의 끈이 디지털로 복잡하게 얽혀 있는 세상에서, 삶이 끝나고도 삶이 전시되거나 이용당하지 않을 권리 또한 이 시대에 등장하게 된 새로운 방식의 권리이다.

사자死者에게도 권리가 있을까? 고인의 모든 것은 가족들에게로 넘어간다. 가족과 연을 끊고 사는 사람이라고 할지라도 마찬가지다. 가족이라는 이름의 유대나 애정 없이, 오히려 폭력과 증오의 감정이 짙은 관계라고 해도 말이다. 평생을 보지 않고 살았던, 나를 잘 모르는 '가족'이라는 이름의 타인이 내 모든 것을 소유하게 된다.

2016년 노숙인 실태 조사에 따르면, 쪽방 거주인의 약 70%가 가족이나 친지, 즉 법적 연고자 중 누구와도 연락하지 않고 지내는 것으로 나타났다. 이들의 존재는 죽고 나서 부고를 통해 간신히 알려지는데, 부고를 접하고 찾아온 혈족에게는 시신뿐만 아니라 그간의 삶이 낱낱이 전시된다. 그런 이유로 쪽방에서 사는 사람들의 소망은 자신이 사망했을 때 법적 연고자에게 연락하지 않는 것이라고 한다.

단지 핏줄이라는 이유만으로 남이 된 사람에게 내 쪽방과 빚, 쓸쓸한 삶이 밝혀지는 것은 그들에겐 고독사보다 더 외로운 일이다. 어떤 이의 삶은 아름답게 포장되어 기록되지만, 누군가는 제 죽음에서마저 배제당한다.

깨끗하게 삶을 떠날 권리가 부자에게만 용인되는 디스토피아를 상상해본다. 그 세계에서는 더 복잡하고 악랄한 형태로 가난한 자의 사후가 담보로 잡힐지도 모른다.

내 비밀이 죽고 나서 밝혀진다면

"잠깐만요. 하드디스크는 깨끗하게 지우셨나요?"

일본의 어느 해안, 자살을 많이 한다는 바위 앞에 세워진 푯말이다. 이 푯말이 세워진 이후로 자살률이 급격히 낮아졌다. 죽기 위해 이곳까지 간 이들의 마음을 돌리는 '하드디스크' 공포에 나는 다소 공감했다. 내 사생활과 치부가 가까운 사람들에게 공개되는 것에 대한 두려움, 프라이버시 폭로에 대한 공포는 절대 만만하게 볼 것이 아니다.

나도 나의 죽음 이후를 상상해봤다. 죽고 나서 내 맥북이 가족에게 넘겨진다면 어떻게 될까? 아이클라우드에 연동된 수천 개의 메모를 본다면? 만약 엄마가 '엄마'로 검색해서 내가 쓴 메모를 본다면? 그중에는 분명히 엄마가 상처받을만한 내용도 존재한다. 또는 내 SNS 계정에 접속한다면? 보관함에 저장된 기록을 본다면? 메신저 대화를 본다면? 상상만 해도 아찔하다. 요컨대 이 시대의 인간들은 많은 것을 남기고 죽는다. 이 방대한 클라우드에.

그러니 죽는 것도 신경 쓰일 수밖에 없다. 내 치부가 사후에 밝혀지게 될 것을 생각하면 그렇다. 과거처럼 서류 몇 개와 책 몇 권을 불태우는 정도로는 내가 싸지른 '똥'들을 전부 삭제하긴 어렵다. 내가 원하는 것은 내 정보가 모두 사라지는 것, 혹은 내가 원하는 사람에게만 공개되는 것이다. 오히려 가족이기 때문에 공개를 원치 않는 비밀도 있는 법이다. 나의 자아는 여러 개로 쪼개져 있고, 사람마다 보여주고 싶은 내 모습도 다르다. 죽음 이후에도 내 정보가 통제되길 원한다.

고인이 원하지 않는데도 공개된 이야기에 대해서 우리는 꽤 많이 알고 있다. 막스 브로트는 자신의 원고를 태워 버리라는 프란츠 카프카의 유언을 지키지 않고 다수의 책을 펴냈고, 페르난도 페소아의 지인들은 페소아가 살아 있을 때 출판하지 않고 처박아둔 트렁크 속 원고를 『불안의 서』로 출간했다. 불우한 결혼 생활과 우울증으로 오븐에 머리를 박고 자살한 실비아 플러스의 기록은 그의 자살에 결정적 원인이기도 했던 남편 테드 휴즈에 의해 사후 출간되었다. 『티파니에서의 아침을』의 저자 트루먼 카포트가 10대에 쓴 미발표 소설집 『내가 그대를 잊으면』은 카포트가 약물과 알코올 중독으로 사망한 지 30년이나 지나 출간됐다.

그들의 글은 분명 내 세계를 확장해주었다. 하지만 고작 내 세계의 확장을 위해, 누군가 밝히기를 원하지 않았던 이면을 동의 없이 봐도 괜찮은지 죄책감이 든다. 『실비아 플러스의 일기』는 작가가 자살에 이르기까지 고통스러운 순간을 담은 글이지만, 불행에 직접적인 원인을 제공한 남편은 본인에게 불리한 내용을 모두 삭제한 후 출간했다. 실비아 플러스는 자신의 '편집된 일기'에 대해 어떻게 생각할까? 카포트는 동의 없이 출간된 자신의 10대 시절 소설집과 '성숙한 작품은 아니지만 자기 기예를 발전시키려는 젊은 작가의 노력', '젊은 나이에 목숨을 잃은 작가의 20대 욕망'이라는 평론에 대해 어떻게 생각할까?

'죽은 자는 말이 없다'라는 오랜 관용구만이 떠오른다.

우리는 명작이 된 그들의 유작을 즐기며, 하마터면 재가 되어 사라질 뻔한 문장이라는 생각에 아찔함을 느낀다. 이 아찔함이야말로 그들의 작품을 더 아름답게 빛내준다. 하지만 방대한 세상에 숨겨져 있다가 세상 밖으로 나온 존재의 극적인 아름다움에 취해 그들의 글이 소비되고 있는 것은 아닐까 하는 의문이 든다. 우리는 공익이라는 가치를 들먹이며 한 인간의 삶에 깃든 비밀을 은밀하게 관음하는 건 아닐까. 결국 그들의 죽음을 감상에 빠지는 촉매제로 이용하고 있는 것일지도 모른다.

죽은 자의 권리는 어떻게 지켜질 수 있을까. 자기결정권이란 사적인 영역에서 국가의 간섭 없이 스스로 결정할 수 있는 권리를 말한다. 하지만 자기결정권조차 전적으로 산 자에게 집중되어 있다. 죽은 후 고인의 재산과 기록, 흔적은 모두 가족에게로 넘어간다.

디지털 세상에서는 이 '사후 프라이버시' 문제가 더 복잡해진다. 일레인 카스켓의 저서 『디지털 시대의 사후세계』에서는 인상적이고 슬픈 사례가 나온다. 저자인 일레인 카스켓 박사는 수년 전 딸을 잃은 레이철을 만난다. 레이철은 페이스북 계정에 대한 접근 권한이 변경되어 괴로워하고 있었다. 그는 자신이 케이티의 엄마이므로, 마땅히 케이티의 온라인 계정에서 이루어진 대화 내용에 대한 접근권을 지녀야 한다고 주장했다. 딸 케이티가 친구들과 나눈 메일이나, 페이스북의 다이렉트 메시지까지 볼 권리가 있다는 것이다.

죽은 딸의 정보를 보고 싶어 하는 부모의 마음은 이해하지만, 레이철에게 케이티의 사적 정보에 접근할 권한이 있는지는 확신할 수 없다. 일레인 카스켓 박사는 프라이버시의 경계를 스스로 설정하는 능력과 연관되어 있다고 말한다. 프라이버시란 '사적 결정의 영역에 대한 통제권을 소유한 상태'를 의미하는데, 이러한 권리는 망자에게도 동일하게 적용되어야 한다. 디지털 상의 사적 프라이버시는 더 복잡하고 비밀스럽고, 개인적이고 광범위하며 노골적이기까지 하기 때문이다.

누군가는 말할 것이다. 이미 죽은 사람의 권리가 무엇이 중요하냐고. 왜 우리는 망자의 기록을 존중해야 하냐고 물을 수도 있다. 답은 간단하다. 산 자가 죽음을 다루는 방식이 살아 있는 사람들의 삶에 영향을 미치기 때문이다. 죽은 자를 존중하는 방식은 산 자의 미래를 떠올리게 한다. 원하지 않는 이들에 의해 내 삶 전체가 해부되고 부검되는 과정을 목격하면, 내 죽음도 다르지 않을 거라는 확신을 준다. 애도는 죽은 자가 아니라 산 자를 위한 것이다.

내가 남긴 흔적은 회상의 매체가 된다. 가까운 사람들이라는 이유로 맥락이 붕괴된 내 디지털 자료를 읽을 수 있는 권리가 주어지기를 원치 않는다. 사람들이 나를 어떻게 기억하는지가 내 삶의 굴레에 포함되어 있는 것이라면, 그것 또한 내가 결정하고 싶다. 나는 내 비밀이 전시되지 않을 권리를 원한다.

나의 사이버 장례식

장례식장으로 이동했을 때 가장 먼저 해야 했던 일은 부고 문자를 보내는 것이었다. 아빠의 지인에게는 연락이 쉬웠다. 아빠의 모든 관계는 알뜰폰 전화번호부 하나에 담겨 있었다. 전화번호 '일괄 선택'을 눌러 단체 문자를 보내면 됐다. 하지만 아빠의 지인이 아닌, 내 지인에게 알리기는 조금 어색했다. 우선 회사, 학교 인맥은 친한 사람에게 먼저 연락했다. 그러면 그들이 나를 대신해서 내가 속한 커뮤니티에 아빠의 부고를 전하는 방식이었다.

경조사 때마다 나는 일종의 기이함을 느꼈다. 내가 실제로 자주 연락하고 영향을 받는 일대일 관계보다 학연, 지연, 혈연, 회사 인연 등 (내가 멀리해온) 제도적 관계가 유독 활성화된다는 점이다. 몇 년간 보지 않았던 사람들도 부고 문자를 받고 장례식장으로 왔다. 고마우면서도 멋쩍었다. 어른들은 "원래 이럴 때 연락하고 고마움을 표시하는 거다"라고 말했지만 어딘가 어색하고 미안한 마음이 가시지 않았다. 내가 맺어온 관계 중에서 의지하지 않은 자들에게는 갑자기 많은 부담이 지워졌고, 의지해온 사람들은 경조사에서 배제되었다. 이의례는 어딘가 균형이 맞지 않았다.

나는 SNS 중 인스타그램을 가장 활발하게 사용한다. 매일 5~6장의 스토리를 올리는 헤비 인스타그래머다. 팔로우한 친구도 대부분 현실 친구가 아닌, 사이버 친구들이다. 거의 내 모든 일상이 인스타그램에 담겨 있다고 해도 과언이 아니다. 인스타그램 스토리는 날짜별로 기록이 되는데, 이 SNS가 알려주는 바에 따르면 아빠가 죽기 6시간 전에도 나는 인스타그램을 하고 있었다. 그러나 나는 아빠가 떠나고 열흘이 지나서야 사이버 친구들에게 부고 소식을 전했다. 짐 정리를 하다가 발견한 나의 어릴적 사진과 함께.

지난주 아빠가 갑자기 돌아가셔서 정신없는 한 주를 보냈습니다. 현재는 집을 정리하고 상속 처리를 하고 보험과 산재 처리 등 온갖 행정업무를 꾸역꾸역하는 중인데 백수 상주라 참 다행이라는 생각도 들고요. 사람이 떠나면 남겨진 것들이 참 많구나, 나는 평생 어떤 사람을 제대로 기억할 수는 없구나. 그런 생각을 하며 다시 천천히 일상으로 복귀하고 있습니다. 최근에 죽음과 장례에 대해 자주 생각하고 글을 썼는데 갑작스레 맞닥뜨린 죽음 앞에서 할 수 있는 게 별로 없더라고요. 무력함과 무능함의 수렁에서 얼른 벗어나고 싶습니다. 사이버 친구들에게도 근황은 알려드리는 게 옳다고 생각하니… 갑자기 아무렇지 않게 뭘 올리는 게 이상하게 느껴지기도 하고요.

물론 열흘간 인스타그램을 안 한 것은 아니었다. 나는 삼일장을 치르면서도 인스타그램을 했다. 그러나 아빠가 죽자마자 인스타그램에 바로 이 소식을 전해버리면, 내가 심각한 SNS 중독자처럼 보일 수도 있겠다는 염려가 들었다. 나는 아빠의 죽음 앞에서도 인스타그램을 했지만, 타인의 시선을 의식해 인스타그램에 나의 흔적을 남기지 않았다. 사실 몇 개월 전 나의 친밀한 사이버 친구 K와 메세지를 나누며 "우리 경사는 몰라도 조사는 알리는 사이가 되자"라고 대화했던 적이 있

4부 _ 나의 죽음은 나의 생을 깨운다

었다. 그러나 나는 K에게도 따로 부고 소식을 알리지 않았다. '부담스러워하진 않을까?'라는 생각 때문이었다.

나는 혼란스러웠다. 디지털 시대를 살아가는 밀레니얼은 경조사 연락을 언제 누구에게 어떻게 전해야 하는가? 내 인생에서 엄청난 사건이 일어났다는 사실을 말이다. 사이버 친구들이 가족이나 친구들보다 나를 더 잘 알고 있을지도 모른다. 이들에게 나의 소식을 전하지 않는 것이 친구로서의 의무를 다하지 않는 것처럼 느껴졌지만, 어디까지가 '적정선'인지 알길이 없었다. 게다가 나는 '부모상을 당한 일반적인 가장의 모습' 때문에 인스타그램에 아빠의 죽음을 알리는 것을 주저하고 있었다. 하지만 겪어본 결과, 장례식장에서 인스타그램을 하는 건 전혀 이상한 일이 아니다. 3일 내내 울고 있을 수만은 없다.

여러 걱정이 무색하게 사이버 친구들은 내 인스타그램을 보고 수십 개의 메시지를 보내왔다. 얼마나 큰 위안과 도움이 되었는지는 굳이 설명할 필요가 없을 것이다. 장례 이후 가장 솔직하게 내 마음을 드러낼 수 있었던 공간도 결국엔 사이버 공간을 통해서였다. 신변 정리를 하느라 힘들었던 것이나,

아빠를 제대로 기억하지 못하는 것에 대한 자괴감을 가감 없이 털어놓을 수 있었다. 나는 인스타그램을 주로 이용하지만 사람들마다 소속감을 느끼는 사이버 공간은 다를 것이다. 트위터가 될 수도 있고 페이스북이나 각종 커뮤니티가 될 수도 있다. 내가 느끼는 무력감과 무능함에 대하여 거짓 없이 말할 수 있는 대상은 실제로 나를 알고 있는 사람들이 아니었다. 오히려 나에 대해 알지 못하고, 나를 향한 일말의 선입견조차 없는 사이버 친구들이었기에 고백이 가능했다.

나의 오랜 사이버 친구들도 무슨 일이 있으면 내게 알려주면 좋겠다. 나에게 직접적으로 말하지는 않더라도, 간략한 글을 올려서라도 알려주면 좋겠다. 내가 너무 늦게 그의 슬픔을 알아차리지 않았으면 좋겠다. 실제로 SNS에서 오래 보이지 않는 사람은 일상생활에서 몇 번이고 생각날 정도로 걱정이 된다. 우리는 실제로 만난 적은 없지만, 오랫동안 서로의 삶을 엿보며 친분을 쌓은 관계가 가볍다고만도 볼 수 없다. 누구보다 그걸 잘 알면서도 왜 내게 일어난 가까운 죽음을 알려야 할 때는 주저했을까?

우리는 스스로에게 '애도의 자격'을 묻는다. 사이버 세상속에는 나와 직접적으로 아는 관계가 아니더라도 나에게 큰 영향을 미친 존재들이 많다. 연예인, 인플루언서, 블로그 이웃, 트위터 친구 등……. 난 그들이 세상을 떠나면 큰 슬픔과 상실감을 느끼지만 실제 그들의 삶은 알지 못한다. 그들의 가족과 친구, 집, 나이, 어쩌면 이름까지. 사적인 정보에 대해서는 전혀 모른다. 때때로 나는 슬픔에 사로잡혀 죽은 이의 SNS를, 몇 년 전 댓글까지 거슬러 올라가 읽어보기도 한다. 그런 내가 관음증 환자처럼 느껴지기도 한다. 내게 그를 걱정할 애도의 자격이 있는지 자꾸 자문하게 된다.

일레인 카스켓의 『디지털 시대의 사후 세계』에는 '애도 경찰'이라는 단어가 등장한다. 나는 애도 경찰이라는 단어를 통해 이게 나만의 자격지심은 아니라는 것을 알게 되었다. 애도 경찰은 연예인의 죽음을 기리며 SNS에 글을 쓰면, 당신은 그를 잘 알지 못했으니 부적절한 감정과 관광 행위는 자제하고 이런 애도는 하지 말라고 애도의 자격을 검문하는 사람들을 의미한다. 그러나 우리는 온라인에서도 수많은 밀도와 스펙트럼이 존재하는 관계를 맺을 수 있다. 사이버 친구의 죽음에 큰 영향을 받을 수도 있다. 수없이 연결된 시대, 애도의 방식은 다양해질 수밖에 없다.

하지만 여기까지 생각하고 나서 내가 떠올린 가장 큰 딜레마는 이거였다.

'그래. 이제 나의 사이버 친구들에게도 경조사를 알릴 거고, 기쁘거나 슬픈 일이 생길 때도 충분히 표현할 거야. 스스로에게 애도의 자격도 묻지 않을 거야. 그런데 내가 죽으면 어떡하지?'

* * *

만일 내가 내일 죽는다면, 내가 가장 활발히 사용하는 인스타그램 계정은 그대로 사라질 확률이 높다. 그 계정은 나의 지인 중 어느 누구도 아는 사람이 없다. 가족들은 어쩌면 페이스북이나 나의 '실제' 인스타그램 계정을 발견할지도 모른다. 그러나 나의 진짜 인스타그램 속의 사이버 친구들은? 그들은 그저 내가 오래 인스타그램을 쉬는 것으로만 생각할 테고, 너무 오래 접속하지 않는 내게 의문이 들어도 어디에 물어볼 수도 없을 것이다. 나를 너무나 잘 아는 사람들이 나의 죽음에서 괴리되는 일이 발생할 수 있는 것이다.

페이스북에서 고인 기념 계정 서비스를 담당하는 제드 브루바커도 똑같은 생각을 했다.

"가족이나 가까운 친척들에게는 추모를 위한 공간은 얼마든지 있습니다. 하지만 유대관계가 좀 더 느슨한 사람들에게는 소셜 네트워크 사이트가 죽은 사람과 교감할 수 있는 유일한 장소일 수 있어요."

내가 장례식장에서 느낀 불균형은 소셜미디어에서도 마찬가지로 목격됐다.

그래서 나는 디지털 유서를 작성해야겠다고 마음먹었다. 어차피 내 현실의 관계는 가족과 친구들이 관리해줄 것이다. 하지만 나의 디지털 관계를 미리 생각해두지 않는다면 나의 SNS 계정이 그대로 사라지거나, 혹은 나를 잘 모르는 사람에게 넘겨질지도 모른다.

내 친구 박이 내 페이스북을 관리해주길 바랍니다.
내 인스타그램 친구 xxx이 저의 부고를 인스타그램에 알려주길 바랍니다.

어쩌면 이렇게 남길 수도 있을 것이다. 마음속으로 이미 정해둔 사람들이 있다. 물론 대화는 앞으로 해봐야 알겠지만. 어쨌든 나는 내 사이버 친구들을 내 장례식에서 소외시키지 않을 작정이다. 그들이 나를 오랫동안 기억해주길 바란다.

죽는 것도 웃길 수 있으니까

유머Humor라는 단어는 인간의 기질이란 의미에서 유래되었다. 웃음은 어울리지 않는, 묘하게 불균형적인 상황의 간극에서 발생하기 마련이다. 여기서 핵심은 부조화다. 유머러스한 사람들은 유머라는 단어의 유래에 맞게 연관이 없는 두 가지 대상을 빠르게 조합해 패러독스를 만드는 재능이 탁월하다. 삶의 부조리를 비틀 때 생기는 패러독스의 미학인 것이다. 나는 삶의 고통을 비꼬는 것에 능숙한 편이었다. 부조리한 상황에 자주 처한다는 건 개인의 삶으로선 허기진 일이었지만, 유머에 있어서는 잘 차려진 뷔페와 다를 바 없었다.

죽음에 웃음이 철저히 배제되어야만 하는가에 대한 의문은 달리 말하면 죽음이 단지 엄숙하기만 해야 하는가에 대한 의문과도 같다. 죽음과 웃음의 조화를 설명하기 좋은 사람이 천재 애니메이션 감독으로 불리는 곤 사토시다. 그는 췌장암으로 죽음의 목전에 서 있을 무렵 유언장을 작성했다. 그리고 사망 다음 날에 그 유언장이 개인 홈페이지에 공개되었다.

잘 버티면 하루 이틀, 고비를 넘겨도 이번 달을 넘기지 못할 것이라는 비관적인 의사의 말에도 그는 '일기예보 같다'라는 생각을 하고, 죽음이 차올라 달력이 일렁이는 환각이 보일 때마저 '내 환각은 개성이 하나도 없구만'이라고 자조한다. 수년간 작업했던 애니메이션 〈꿈꾸는 기계〉를 마무리 짓지 못한 미안함을 스태프들에게 전하면서도 '오만한 말투로 들릴 수도 있겠지만 암이니까 좀 봐줘'라고 말하며 유머를 잃지 않는다. 유언장은 별일 아니라는 듯 '자, 그럼 먼저 갑니다!'로 마무리된다. 남은 이들의 마음을 그의 유머가 달래준다.

지옥을 직시하게 해주는 것도 유머고, 버티게 해주는 것도 유머다. 유머는 세상을 또 다른 시각으로 보게 만드는 힘을 준다. 움베르트 에코의 소설 『장미의 이름』은 중세가 저물기 시작한 14세기 초에 한 수도원에서 일어난 연쇄살인 사건을 다룬다. 살인범은 아무도 읽어서는 안 되는 어떤 책의 페이지마다 독을 발라둔다. 손끝에 침을 발라 책장을 넘기며 몰래 책을 읽던 수도사들은 그렇게 독살당한다. 그 책이 바로 아리스토텔레스의『시학 2』이다.『시학 1』은 비극을 다루지만, 장미의 이름에만 등장하는『시학 2』는 희극을 다룬다. 움베르토 에코가 말하고자 하는 바는 결국 희극이 비극과 마찬가지로 진리에 이를 수 있는 또 다른 방법이라는 것이다.

그러니 내가 바라는 것은 유머러스한 태도의 삶이다. 삶의 패러독스를 감지하는 예민한 감각, 익숙한 세상을 낯설게 바라보는 시각, 지옥 같은 세상에서도 어떻게든 잘 살아보려는 삶에 대한 애정, 혼자서만 잘 먹고 잘살지 않겠다는 다짐, 같이 웃고 떠드는 연대, 가볍게 보일지라도 누구보다 삶을 진지하게 숙고하는 태도. 그런 태도라면 죽음도 얼마든지 즐거운 유머의 소재가 될 수 있다. 예전엔 유머가 그저 선천적인 부분이라고만 생각했다. 그러나 유머에도 후천적인 훈련과 노력이 필요하다. 심각한 상황에 처해 있다고 울고만 있을 순 없지 않나.

빨리 노인이 되고 싶다

내 삶에 의미가 절실했던 순간이 있다. 취업을 준비하고, 3년 간 다닌 직장을 퇴사하면서도 나를 좌절하게 했던 것은 내 삶에 일관성이 없다는 자조적인 생각이었다. 내가 거쳐온 사람들과 조직들, 관심사들은 산발적이었고 이력으로 묶일 만한 게 없었다. 게다가 내 삶엔 전환점이라고 할만한 것도 없었다. 평범하고 보잘것없는 일상들이었다. 이런 불확실성 앞에서 나는 어떤 의미를 부여해야 할까.

평범하고 보잘것없는 내 삶에 의미를 부여하기 위해 글을 썼다. 퇴사 후 몇 년간의 기록을 정리해 『공채형 인간』이라는 책을 낸 적이 있다. 나의 첫 출간이었다. 첫 책을 준비하며 가장 먼저 한 일은, 그간 써온 글을 모두 모으는 것이었다. 대학교 3학년 때부터 직장인 3년 차까지, 약 5년간의 글이 모였다. A4용지 한 장에 하나의 에피소드를 넣어 인쇄하니 족히 200장이 넘게 나왔다. 그리고 난 다음이 가장 어려운 순간이었다. 삶의 순간 200개를 재구성하는 일. 목차를 만드는 일은 200개의 에피소드를 분류해 일관성을 부여하고 적절하지 않은 삽화는 제거하는 일의 무한 반복이었다. 주제가 다를 때는 종이를 가위로 잘라 두 장으로 만들었고, 어디에도 들어가지 않는 글은 찢었다.

그렇게 목차와 글의 구성을 몇 번이나 바꾸며 책을 출간하게 되었을 때, 나는 곧 궁금해졌다. 사람들은 내 삶을 어떻게 읽을까. 나는 이 이야기가 하나의 서사로 전해지기를 바랐다. 하나의 사건이나 단편적인 글만으로는 나를 설명할 수는 없으므로 내 책이 흐름으로 느껴지길 바랐다.

친구 J는 메일로 책을 읽은 소감을 보냈다. J는 영화 〈보이후드〉를 언급했다. '삶이란 어느 한순간만으로 정의되는 것이 아니라 하나하나의 순간들이 모여 이루어졌다는 사실을 깨닫게 해준 영화'였다고. J는 내 짧막한 이야기를 통해 그 영화를 본 것처럼 내 인생을 엿본 기분이 들었다고 했다. 나에 대한 섣부른 판단 없이, 그저 내 인생을 엿본 것 같다는, 나에 대해 조금 알게 되었다는 담담한 J의 감상은 내게 잔잔한 위로가 되었다.

그것이 일어나는 '순간'에는 우리는 그것이 무엇인지 알 수 없다. 이 사람, 이 사건, 이 여행을 당장 지금 평가할 수 없다. 시간이 조금 더 흘러, 맥락이 생긴 후에야 의미와 해석을 부여할 수 있다. 어쩌면 나는 내 삶의 통제권을 갖고 싶었던 것 같다. 내 이야기를 내가 원하는 방식으로 전달하고 싶었다. 그렇게 평범한 삶에 의미를 부여하고 싶었다.

아빠가 죽고 나서 의미를 향한 욕망이 다시금 내 삶에 깃들었다. 그때 나는 롤랑 바르트의 글을 읽으며 나를 다잡을 수 있었다.

1년 반 동안 내가 어떤 길을 걸어왔는지 잘 아는 건 오로지 나 자신뿐이다. 그동안 나는 당연히 해야만 하는 임무들을 미루기만 하면서, 꼼짝도 않고 아무런 변화도 일으키지 않은 채 제자리에 머물러 있는 슬픔의 자기순환적인 길 안에 갇혀 있었다. 그러나 나는 언제나 한 권의 책을 씀으로써 하나의 작별을 마무리짓곤 했었다. 그것이 나의 방식이었다.

- 롤랑 바르트 『애도일기』(걷는나무, 2018)

아빠의 죽음 이후 나는 주저앉았다. 내가 무능력하다고 느낀 수많은 순간에서도 흩어진 의미를 발견하기 위해 뭐라도 써야만 했다. 응어리진 말들을 내뱉고 해방감을 느끼고, 이제는 슬픔의 길에서 벗어나 새로운 삶을 감히 희망해보기도 한다. 이 책을 마무리하는 것은 아빠와의 이별을 마무리하는 방식이다. 나는 꽤 괜찮은 방식으로 아빠와 작별하고 있다.

노년의 내가 쓸 책을 상상한다. 노인이 되면 대부분 자서전을 내고 싶은 충동을 느낀다고 한다. 삶이라는 마라톤이 거의 끝나갈 때, 삶의 추억을 편집하고 자신의 생애에 일관성을 부여하기 가장 적절한 시기이기 때문일 것이다. 사랑하는 사람들이 세상을 떠나고 죽음이라는 끝을 향해 나아갈 때, 우리는 어떤 책을 쓸까. 어쩌면 그때가 비로소 글을 쓰기 적절한 시기일지도 모른다.

그러나 노인이 아니더라도, 사건이 삶을 비집고 나올 때 우리는 언제든지 삶을 정리하고 재구성할 수 있다. 목 끝까지 차오르는 말들을 토해내지 않으면 내가 무너질 것 같을 때, 뒤를 정리하지 않고선 앞으로 나아갈 수 없다고 느낄 때, 흔한 인생에 어떻게라도 의미를 부여하고 싶을 때, 내 삶의 주도권을 갖고 싶다는 욕망이 나를 글쓰기로 이끈다.

　가끔은 빨리 노인이 되고 싶다. 치열한 삶의 풍파가 꺾이고 삶을 회상할 무한한 시간을 가질 그때, 나는 나를 어떻게 추억할까. 평온히 죽음을 기다리는 노인이 되면 지난 나의 삶은 몇 개의 챕터로 나뉠까. 가끔 이 모든 생을 건너뛰고 마지막 페이지를 읽고 싶다. 아니, 그때 노인이 된 내가 만들 내 삶의 '목차'를.

비혼의 할머니가 될 것이다

"남자 형제가 있어야 좋은데."

"사위라도 있어야지."

장례식에서 가장 많이 들었던 말은 남자가 있어야 한다는 말이었다. 남자라는 성별은 가정의 큰 대소사를 관장할 권력을 차지하고 있다. 내가 경험한 것들에 의하면 그랬다.

혼자 오피스텔을 구할 땐 "부동산은 남자랑 같이 봐야 무시를 안 당하니 꼭 남자 하나를 대동하고 가"라거나, "위험하니 원룸 말고 신축 오피스텔로 구해야 한다" 혹은 "돈 더 들더라도 보안 잘 되는 곳이 좋다"는 말을 수없이 들었다. 나 또한 그 부분을 신경 쓰게 된 것도 사실이다. 결혼하지 않고 혼자 살고 싶다고 하면 "그러다 늙어서 아프면 어떡해? 누가 돌봐 줘?"라는 말을 들을 수 있다. 홀로 긴 해외여행을 떠난다고 하면 "젊었을 때 많이 여행해야지, 결혼하면 하고 싶어도 못 해"라는 말이 돌아온다.

결혼은 기본값이었다. 사회는 비혼의 상태를 불완전한, 안전하지 못한, 철없는, 미완성의 상태로 바라본다. 비혼이 아니라 언젠가는 '팔릴' 미혼으로 보는 시선들. 나의 행복을 진심으로 생각하기 때문에 더욱이 내가 결혼하기를 바라는 내가 사랑하는 사람들. 그들은 나를 하나만 알고 둘은 모르는 사람들이다.

장례를 치르고 난 후, 비혼으로 살고 싶다는 가치관을 다시 생각해보게 되었다. 이 가치관에는 여전히 변함이 없다. 그러나 적어도 지금보다 좀 더 단단해질 필요는 있다.

***

1인 비혼 여성을 결혼이라는 제도를 통해 '정상' 가족으로

편입시키는 것은 국가로서는 꽤 가성비 좋은 방법이다. 여성이 밤에도 안전하게 걸을 수 있는 거리를 만드는 것보다 여성 스스로가 비싸고 안전한 오피스텔을 구하게 방치하는 편이 비용과 편익 측면에서 더 경제적이다. 사회는 안전망을 강화하는 대신, 여성을 가부장제라는 남성의 비호 안에 들어가도록 분위기를 조장한다. 질병 관리와 돌봄 노동 역시 정상 가족 속의 개인의 역할로 묶어둔다. 안전과 건강을 책임져야 할 사회는 본인의 역할을 하는 대신 남에게 외주를 준다. 안전은 남성에게, 건강은 가정에서.

합법적 관계라는 것은 내가 있어야 할 자리를 찾은 듯 편안하지만, 그 편안함을 사기 위해 지불해야 할 대가가 너무 크다. 그리고 그 사실을 이 시대의 젊은 여성들은 잘 알고 있다. 안전과 안정이라는 요소를 결혼이란 제도의 장점으로들 말하지만, 실상엔 약간의 괴리가 존재한다. 하나의 통계를 예로 들 수 있을 듯한데, 우리나라에선 여성 암 환자가 남성 환자보다 4배가량 더 이혼율이 높다. 안전과 안정을 내세워 결혼을 설득하기에는 우리나라에선 돌봄 노동마저 성별화되어 있다는 것을 잘 보여주는 수치다. 따라서 그런 이유만으로 결혼을 선택하기에는 생각보다 안전하고 아늑하지 않다는 것을 여성들은 이미 잘 알고 있다.

안전해지고 싶어서, 늙어도 '돌봄'을 받고 싶어서 가정을 꾸리는 것은 임시적 해결책에 불과하다. 1인 가구는 관리가 필요한 취약 계층이 아니다. 1인 가구를 취약 계층으로 만드는 것은 정상·다가족 중심의 사회복지 시스템이다. 우리에게 필요한 것은 아프면 곧장 방문할 수 있는 가까운 병원, 비용 걱정 없이 사용할 수 있는 사회적 돌봄 시스템, 언제든지 연락할 수 있는 친밀하고 느슨한 공동체다. 정상 가족은 계속해서 분열 중이다. 탈가족화·탈젠더화 시대의 다양한 가정을 상상해본다. 어떤 가정이든 그 자체로 존중받아 마땅하며, 법적으로도 보장이 필요하다.

그러나 내가 단순히 사회적 반발심 때문에 비혼을 원하는 것은 아니다. 결혼제도와 빈약한 사회안전망에 대해서 문제의식을 가지고 있지만, 비혼을 선택한 이유는 무엇보다 그것이 나와 잘 맞기 때문이다. 나는 혼자만의 시간이 절대적으로 필요하며, 완전한 고독 안에서 자유와 완성감을 느낀다. 천천히 나를 관찰한 끝에 얻은 결론이다.

***

최근 내 노년을 구체적으로 상상해본 적이 있다. 폴 살로펙의 프로젝트는 내가 꿈꾸는 은퇴 후 삶 그 자체다. 두 번의 퓰리처상을 수상한 저널리스트 폴 살로펙은 2013년부터 7년간 에티오피아에서 남미 끝까지 걷는 Out of Eden 프로젝트를 기획했다. 1시간에 3마일의 속도로 하루에 20마일씩, 인류가 걸어온 길을 거쳐 다시 걷는 대장정이다. 지금도 그는 천천히 전 세계를 걸으며, 취재 특파원 때와는 다른 느린 속도로 사람들의 이야기에 보폭을 맞춘다. 사적인 여행이 아니라 빈곤, 기후 변화, 이주민 갈등 등 지구의 다층적 문제의 근본적인 원인을 발견하는 공적인 여행이다. 그가 세상에 던지는 질문과 답은 영상과 인터뷰, SNS로 전 세계인들과 연결되어 있고, 폴 살로펙의 모든 여행은 웹사이트에 기록되어 있다. 참고로 그가 대장정을 시작한 나이는 쉰이었다.

'이렇게 늙어가고 싶다'라는 영감을 준 또 한 명의 사람이 있다. 2019년 겨울, 임시정부 수립 100주년을 맞아 상해 임시정부를 여행하는 프로그램에 취재 기사로 동행한 적이 있다. 독립유공자 후손과 익산 이리남초등학교 학생들이 함께

하는 역사 탐방 프로그램이었다. 그때 나는 권미숙 교장 선생님을 처음 알게 되었다. 이리남초등학교가 프로그램에 참여할 수 있었던 이유도 교장 선생님이 보낸 기획서 덕분이었다고 한다. 원래 초등학생들은 모집 대상이 아니었는데도, 아이들의 역사 교육에 좋은 기회가 될 것 같아 준비했다고 하셨다. 교장 선생님과 나는 2박 3일간 버스 옆자리에 앉아 많은 대화를 나눴다. 교장 선생님은 진정한 의미의 대안 교육을 실현하기 위해 지역 사회에서 혁신적인 시도를 멈추지 않는 분이었다. 환갑과 동시에 그분의 은퇴도 가까워지고 있다. 이제 제2의 인생을 준비 중이신 것이다.

내게 큰 영감과 자극을 주는 멋진 어른들에겐 몇 가지 공통점이 있다. 자신의 비전이 개인에게서 끝나지 않고 시대정신과 연결되어 있고 세상에 전하고 싶은 구체적인 메시지가 있으며 이를 뒷받침할 능력과 용기, 구체적인 계획이 있다. 그들은 그간 인생을 통해 쌓은 경험과 자원을 바탕으로 사람과 사회를 연결하고 젊은 사람들과 대화하고 새로운 기술을 사용하는 데에 거침없으며, 이 모든 것을 뒷받침하는 건강한 몸과 체력이 있었다. 나는 그런 어른들을 보며 인간이란 '가을의 무화과'와 같다던 니체의 비유를 떠올렸다. 노년이란 젊음과 체력을 잃어가는 상실의 과정이지만 한편으로는 완성에 다다르는 과정이기도 하다. 그렇게 나의 노년을 그려본다.

예순이 되면 길고 긴 여행을 시작할 것이다.

경계를 넘나드는 시야를 갖춘 채 열심히 일하고

한계에 부딪히는 것을 두려워하지 않을 것이다.

복잡한 세상의 문제를 풀기 위해 고민하고

내게 주어진 것을 당연하게 여기지 않으면서

세상의 사람들과 깊고 진한 대화를 나누기 위해

다양한 언어를 구사할 수 있어야 할 것이다.

좋은 질문을 하고 변화를 시도하는 사람을 만나

그들의 건설적인 질문을 수집할 것이다.

어려운 이야기를 과감히 할 수 있는 용기가 있고

내가 모은 이야기를 다양한 방식으로 표현하며

분노에서 멈추지 않고 사랑을 이야기할 것이다.

등산과 러닝으로 기초 체력을 다져서

그때의 나는 매일 20마일을 걸을 수 있을 것이다.

지금은 상상할 수도 없는 기술을 기꺼이 활용하고

열린 마음으로 새로운 것들을 받아들일 것이다.

관대하고 너그러운 마음을 가진 어른으로서

젊은 세대와도 소통하는 어른이 될 것이다.

구체적인 은퇴 이후를 상상하는 것은 오늘을 살아가기에 분명한 동력이 된다. 생존을 위한 막연한 건강이 아니라 '세상을 여행하기 위한 체력'을 구체적으로 연상하는 식이다. 당장 오늘의 성과에 일희일비하지도 않고 긴 호흡으로 내 미래를 상상한다. 내가 바라는 것은 조금 더 나은 어른이자 시민이 되는 것이다. 지금 잠깐 헤맨다고 하더라도 문제가 될 건 없다. 그곳으로 가는 방법은 무수히 다양하며, 수정할 시간도 많다. 나보다 먼저 미래로 향한 멋진 어른들을 만나며 조금 더 구체적으로 미래를 구상할 것이다.

이 모든 계획을 그리기 시작한 것이 아빠의 죽음이라는 것이 삶의 역설이다. 타인의 죽음이 나의 생을 선명하게 만든다. 이렇게 살면 안 될 것 같고, 조금 더 잘 살고 싶기 때문이다. 강렬한 죽음 하나와 인상적인 삶 몇 개를 샘플처럼 나열하며 나는 내 미래를 이리저리 조합해본다. 아이같이 부푼 마음으로 나는 지금 두 번째 유년을 마주한다.

치매를 준비하고 있습니다

아빠의 죽음 이후 나는 나의 삶을 재구성하기 위해 애쓰고 있다. 서른이 넘은 나이에 신입 공채를 준비하며 불안 증세는 심해지고 자신감은 옅어졌다. 그런 나의 불안감을 해소해주는 것은 모순적이지만 탈락 이후를 준비하는 일이었다. 합격 여부와 상관없이 하고 싶은 일을 지속하는 것이다. 그래서 취업 준비를 하면서도 원고를 쓰고 글쓰기 수업을 진행하고 초등학교에 진로 강연을 나갔다. 특정 회사나 직업이 아니더라도 나를 설명할 가능성을 넓히기 위해서였다.

그로 인해 모든 불안이 해소되지는 않았지만, 적어도 '비빌 언덕'이 생겼다. 나의 존재와 쓸모를 비하하게 될 때 자신감의 원동력이 되었다. 실제로 실패를 경험하게 되더라도 다시 일상으로 회복하기까지 탄력이 붙었다. 정신없이 일하며 우울에서 빠져나올 수도 있었고, 노동하는 내 모습에서 자신감을 찾기도 했다. 탈락 이후를 구체적으로 준비하는 것이 합격에 도움이 되기도 했다. 경제적·정신적 여유를 통해 정진할 힘을 다시 얻곤 했다.

'내 예상 밖으로 굴러갈 상황'을 전제로 삶의 다양성을 준비하는 것은 여러모로 인생에 도움이 된다. 그런데 나는 건강과 돌봄에 대해서는 이런 가정을 세워본 적이 없다. 원하는 회사에 취업하지 못하는 것은 눈앞의 문제였지만, 원치 않는 질병에 걸리는 것은 머나먼 미래의 일처럼 느껴졌다. 건강과 돌봄은 언제나 먼 주제, 그래서 거리 두며 냉정한 척을 할 수 있는 주제였다.

***

비혼 여성에 대한 인터뷰를 진행하며 건강과 돌봄에 대한 질문을 받았던 적이 있다. 나이가 들면 법적 보호자의 동의가 필요한 순간이 올 텐데, 특히 수술 동의서를 작성해줄 보호자가 없다는 부분이 가장 걱정이라는 내용이었다. 이때 어떤 대비를 하고 있느냐는 질문에 내가 했던 대답을 이곳에 옮긴다.

"사회복지 시스템이 1인 가구 중심으로 재편되어야 해요. 물론 남편이 아닌 보호자가 수술 동의서를 작성할 수 있는 생활동반자법도 필요하죠. 하지만 파트너 없이 오롯이 혼자 사는 1인 가구는 여전히 질병과 재난의 위험에 노출되어 있어요. 본질적인 해결책은 혼자 사는 사람도 아프지 않은 사회가 되는 것으로 생각해요. 1인 가구도 아플 때 바로 의료 서비스와 연결될 수 있고, 질 좋은 간병과 돌봄 서비스를 받을 수 있어야 하죠. 이건 돌봄 노동을 가정 안에서 해결해온 기존의 사고방식에서 벗어나야 가능해요. 보통 그 돌봄은 여성에게 치우쳐 있잖아요. 특히 지금 같은 팬데믹 시대에 더 극대화되었고요. 돌봄의 사회화가 필요한 이유입니다."

지금 와 생각해보면, 그때 내가 한 답변엔 공허한 구석이 있다. 물론 돌봄의 사회화는 매우 중요한 문제다. 그러나 정작 그 답변 속엔 '내가 어떤 대비를 하고 있는가'에 대한 답은 빠져 있었다. 실제로 내가 돌봄 노동을 수행하거나 돌봄 노동을 받게 되는 상황을 상상해본 적조차 없었다. 그런 내게 구체적으로 질병 이후를 떠올리게 만든 것은 '치매'에 걸릴 준비를 하며 산다는『새벽 세 시의 몸들에게』의 공저자 이지은 작가의 말이었다.

　이지은 작가는 저서에서 그에게 영감을 준 〈어떻게 나는 알츠하이머병에 걸릴 준비를 하고 있는가 How I'm Preparing to Get Alzheimer's〉라는 알라나 샤이크의 TED 강연을 소개했다. 그 내용은 이렇다. 알츠하이머성 치매로 수년간 투병 중인 아버지를 지켜본 샤이크는 자신 역시 '치매에 걸릴 준비'를 한다. 치매 환자는 혼자서 즐거움을 찾는 것이 힘들 수 있기에, 미리 여러 가지 재미를 찾는다. 이를테면 그의 손이 많은 것들에 친숙해질 수 있도록 종이접기와 뜨개질을 배운다. 또 균형감을 잃기 시작했을 때를 대비해 미리 요가와 태극권을 배우기도 한다. 무엇보다 샤이크는 '더 나은 사람'이 될 준비를 한다. 그는 아버지가 언어능력을 잃는 것을 목격했지만, 친절하고 다정한 분이라는 점은 변함없이 지속되는 것을 지켜봤기 때문이다.

　샤이크는 말하자면 치매에 걸릴 가능성을 받아들이고 있었다. 그건 혼자 할 수 있는 일이 줄어들었을 때를 위한 준비, '돌봄을 더 쉽게 만들 수 있는 몸'을 만드는 일이었다. 이러한 준비는 단순히 치매라는 불운을 예방하는 것이 아니라, 우리의 삶은 함께 살아가는 삶이라는 가정 속에서 가능하다.

샤이크는 아빠의 알츠하이머를 지켜보며 자신의 질병을 보다 구체적으로 상상했다. 나도 아빠의 죽음으로 건강과 질병에 대해 전과 달리 생각하게 되었다. 질병과 죽음은 내 삶에 훌쩍 가까워졌다. 이왕이면 잘 준비하고 싶다는 욕심이 생겼다. 절대로 질병에 걸리지 않겠다는 불가능한 다짐이나, 돌봄의 사회화를 위해 목소리를 내겠다는 선언으로는 부족하다. 나는 샤이크처럼 나의 질병까지도 준비하고 싶었다. 불안에 대한 강박 대신, 내 삶에 어떤 옵션이 예상치 못하게 진행되더라도 유연하게 대처할 수 있는 준비를 하고 싶다. TED 강연에서 본 샤이크의 마지막 말을 덧붙인다.

"저는 알츠하이머병에 걸리고 싶지 않습니다. 제가 원하는 것은 20년 안에 저를 보호할 수 있는 치료법이 나오는 거예요. 하지만 그 병에 걸린다면, 저는 준비가 되어 있을 것입니다."

삶이라는 이름의 권리

최근 나는 클럽하우스에 빠졌다. 오디오 기반 소셜미디어 클럽하우스는 얼굴 노출 없이 단체로 음성 대화를 나눌 수 있다. 실리콘밸리에서 만들어진 지 얼마 되지 않은 만큼, MZ 세대가 관심 있는 주제들로 가득하다. 커리어와 네트워크, 다양한 취미를 주제로 방이 생기고, 여러 가지 화두에 대해 음성으로 대화한다. 그러던 어느 날, 그런 클럽하우스와는 다소 어울리지 않는 주제의 방이 생겼다.

   좋은 죽음 그리고 장례문화

이런 곳에 이런 방이라니. 하지만 내겐 하고 싶은 말이 그득했다. 처음으로 손(방에서 '손' 이모티콘을 누르면 발언할 기회가 생긴다)을 들고 발언하기도 했다. 나는 내가 장례식에서 겪은 정상 가족 중심의 문화에 대해 이야기를 했다. 그곳엔 내 좁은 세계를 넓히는 새로운 상상력으로 가득했다. 암 확진을 받고 미리 커플 영정사진을 찍은 사람, 고인의 영상과 사진을 틀어둔 장례식장, 미리 친구들과 생전 장례식을 벌인 사람……. 개개인마다 다른 경험과 생각을 하고 있지만 미리 죽음을 준비해야 한다는 것에는 모두가 공감했다. 죽음은 피할 수 없다. 그러나 준비한 자는 조금 더 잘 죽을 수 있다.

몸과 질병도 마찬가지다. 그날 자주 나왔던 주제는 '사전연명의료의향서'였다. 사전연명의료의향서란, 자신이 향후 임종 과정에 처한 환자가 되었을 때를 대비해 연명의료 및 호스피스에 관한 의향을 문서로 작성해 법적 효력을 남기는 서류다. 19세 이상이면 누구든지 등록된 기관을 통해 신청할 수 있다. 의미 없는 연명의료를 거부할 권리가 생기는 것이다. 그리고 한국에서는 다른 나라보다 비교적 늦게 2018년부터 연명의료결정법이 시행되기 시작했다.

이 이야기를 하기 앞서 한 가지 사례를 통해 이해를 돕고자 한다. 2008년 2월, 기관지 내시경 검사를 받던 김 할머니가 뇌 손상을 입게 되어 식물인간 상태에 빠졌다. 의식이 없는 상태에서 인공호흡기를 부착하고 중환자실에서 연명의료를 받게 되었다. 그런데 할머니는 평소에 무의미한 연명의료는 원하지 않는다는 의사를 단호히 밝혀오신 분이었다. 당사자의 뜻대로 가족들은 의료진에게 무의미한 연명의료 중단을 요청했다. 어머니를 집에서 돌보겠다는 퇴원 의사를 밝혔음에도 불구하고 병원은 절대 허가를 내주지 않았다. 치료 기간이 얼마나 걸릴진 모르겠지만 살아 있는 사람은 절대 퇴원할 수 없다는 것이다.

결국 가족들은 할머니의 존엄성을 훼손하는 연명치료를 중단하고자 인공호흡기 제거 청구 소송을 진행했다. 1년 6개월이란 시간이 흐른 끝에, 대법원은 인공호흡기를 제거하라는 판결을 내렸다. 환자의 상태를 회복 불가능한 사망 단계로 보고 연명의료가 환자의 자기결정권과 존엄의 가치를 해친다는 판결이었다. 독한 항생제 처방과 수없이 매달린 줄이 과연 어떤 의미가 있을지 고려하게 된 것이다.

이런 대법원의 판결에도 불구하고 인공호흡기를 제거해야

하는 의료진들의 부담은 줄지 않았다. 이를 해결하기 위해 연명의료결정법이 제정되었다고 한다. 연명의료결정법이란 무의미한 연명의료를 유보 혹은 중단할 수 있는 결정을 뜻한다. 그에 관한 당사자의 의사를 기존에 밝혀두는 것이 앞서 말했듯이 사전연명의료의향서이다.

유성호 교수의 저서 『나는 매주 시체를 보러 간다』에 따르면, 미국에서는 우리보다 대략 40년 먼저 이러한 논쟁이 시작되었다. 1975년 미국 뉴저지주에 살던 21세 카렌은 식물인간 상태에 빠졌다. 당시 카렌의 부모는 딸의 인공호흡기 제거를 요청하게 되는데, 그렇게 연명의료 중지에 대한 논란이 처음 시작되었다. 대법원은 카렌의 친구가 했던 증언을 참고해 연명의료 중지 판결을 내렸다. 친구의 말에 따르면 과거 카렌은 식물인간이 나오는 프로그램을 보면서 "저렇게 살고 싶지는 않다"라고 말했다고 한다. 현재 미국 헌법에는 치료거부권이 명시되어 있다.

나 역시 가치관에 따라 미리 사전연명의료의향서를 작성해야겠다고 다짐했다. 내가 선택하지 못할 상황, 이를테면 뇌사나 식물인간 상태에서는 의사나 가족의 입장이 절대적인 영향을 미친다. 그러나 그것은 나의 의견과는 무관하다. 만약의 사태를 대비해 충분히 원하는 바를 고려하고, 가장 좋은 선택을 내려둔다면 예상치 못한 상황에서도 나의 선택은 존중받을 수 있다.

물론 판단이 까다로운 부분도 있다. 연명의료 거부에 대해 이야기를 할 때 안락사나 존엄사에 관한 이야기는 빠지지 않고 나온다. 연명의료 거부가 '치료받지 않을 권리'라면, 의사조력자살은 '죽을 권리'에 가깝다. 전자의 요점은 치료를 거부하는 것이지만, 후자는 의사가 약물 투여를 도와 실제 죽음에 이르고자 함이다. 나아가 '적극적 안락사'는 의사에게 죽음을 더 직접적으로 요청한다. 내가 약물을 투여할 버튼을 누를 힘도 없을 때, 내가 죽을 수 있도록 의사가 직접 주사를 놓아달라는 뜻이다.

의사조력자살과 적극적 안락사는 벨기에와 네덜란드 등 소수 국가에서만 허용되고 있다. 윤리와 철학이 복잡하게 얽힌 문제라 명료한 판단은 어렵지만, 나는 그러한 선택을 원하는 개인들을 존중한다. 자신의 삶을 충분히 재고한 사람에게 다양한 선택지가 주어질 수 있어야 한다. 물론 고민되는 지점이 없다곤 할 수 없다. 만약 우리 사회가 삶에 대한 충분한 선택지를 주지 않은 채, 죽음에 대한 선택지만 다양해지게 된다면 어떤 결과를 맞게 될까. 안락사를 선택할 여지를 마련하는 것보다 삶의 고통을 덜어내는 일이 선행되어야 한다.

우리에겐 '죽음을 선택할 권리'가 필요하다. 그러나 한편으로 '삶을 선택할 수 있는 권리'가 있다는 확신도 있어야 한다. 내가 죽지 않아도 사회가 나를 위해 최선을 다하겠다는 확신이 있을 때야 비로소 개개인의 선택권이 보장된다. 치료할 권리, 치료받지 않을 권리, 죽을 권리 그리고 살 권리. 이 모든 것이 보장된 상황에서야 나는 '좋은 죽음'을 선택할 수 있을 것이다.

죽음에 대한 사적인 가이드라인

먼저, 어디서 누구와 함께 죽을 것인가. 본래 임종이란 사랑하는 사람들 사이에서 함께 치러내는 의식으로, '일상성'이 핵심이다. 하지만 사람들은 이제 병원에서 죽음을 맞이한다. 죽음이 '의료적 처치의 중단으로 인한 기술적 현상'이 되었다. 내가 원하는 장소에서, 머물고 싶은 사람들과 함께 우아하게 죽을 수 있는 주도권이 사라졌다. 철학자 이반 일리치는 이를 '죽음의 죽음'이라고 불렀다. 훗날 나에게 호상이라는 행운이 온다면, 내가 원하는 안락한 곳에서 사랑하는 사람들에게 전하지 못한 말들을 전하고 싶다. 불필요한 연명치료에 반대 의사를 밝히고 존엄하게 눈 감고 싶다. 하지만 죽음은 갑작스럽게 온다. 그러니 미리 사전연명의료의향서를 작성하고, 필요하다면 안락사에 대한 동의도 끝내둘 것이다.

시신은 어떻게 할 것인가. 폐, 심장, 각막, 췌장, 피부 등 성한 곳이 있다면 나누지 않을 이유가 없다. 과거에는 헌혈도 미친 짓으로 불릴 때가 있었으나, 언젠가 장기 기증도 헌혈처럼 당연해지는 순간이 올 것이다. 시신 기증은 의료계가 조금 덜 남성 중심적이고 덜 가부장적이며 더 윤리적이라는 확신이 생길 때 신청하고 싶다. 다만 젊었을 적부터 바지런히 공유경제를 실천해야 할 장기들도 있다. 언젠가 엄마와 조혈모세포 이식을 하려고 알아본 적이 있다. 막장 드라마 탓에 '조혈모세포 이식'하면 공포스러운 골수 이식만 떠올리지만, 요즘 골수를 이용한 추출 방식의 이식은 5% 정도이며 대부분 팔에서 채취하는 말초혈 이식 방법을 사용한다고 한다. 헌혈 마스터인 엄마는 조혈모세포 이식은 만 18세 이상부터 40세 미만만 가능하다는 정보를 보고 곧 실망했다. 타이밍이 중요한 자원도 있다. 어쨌든 내가 자원이 될 수 있다니, 오랜만에 쓸모 있을 수 있는 절호의 기회를 놓치지 않을 것이다. 남은 자여, 나의 모든 것을 다 털어가시길.

장례는 어떻게 할 것인가. 진보적 장의사인 케이틀린 도
티는 친환경적이고 미래지향적인 장례 문화에 대해 제안한
다. 현재의 장례는 위생을 위해 시신에 포름알데히드를 주
입해 방부 처리하고(에볼라 정도의 전염병이 아닌 이상 그
런 화학작용은 불필요하다), 시신에 염료를 주입해 살아 있
는 것처럼 치장하며, 콘크리트·금속·원목 등 수많은 자재를
활용해 매장한다. 화장은 친환경적이라고 흔히들 생각하지
만 시신 한 구를 화장할 때마다 차로 800km 달릴 수 있는 천
연가스의 양이 소비된다. 케이틀린이 제시하는 미래의 장례
방법은 시신이 자연스럽게 부패하고 세포 분열하여 뼈로, 흙
으로 돌아가게 만드는 것이다. 사람들은 흙이 되고 묘지는 그
흙으로 만든 녹색 공간 그 자체가 된다. 그곳엔 그 지역 고유
의 수목과 동물들이 서식하고 정신 수양의 장소가 되기도 하
며 애도의 공간이 될 수 있다. 내 시신을 가족이 어떻게 찾냐
고? GPS를 활용할 수 있다! 내가 사랑하는 사람들이 GPS를
통해 포켓몬GO처럼 보물찾기를 하듯이 나를 찾는다면 재밌
을 것 같다. 그때도 구글맵을 쓴다면 나를 '가고 싶은 장소'로
저장해주기를 바란다.

　　이를테면 나는 귀신고래처럼 죽고 싶은 것이다. 몸길이가

15m나 되고 무게는 36t 이상인 거대한 귀신고래는 죽으면 1km 이상 긴 하강 끝에 심해 바닥에 닿는다. 그럼 먼저 움직임이 빠른 청소 물고기들이 냄새를 맡고 찾아온다. 상어, 먹장어, 게들도 찾아와 부패한 살을 뜯어 먹는다. 모든 사체가 깨끗이 뜯어지면 고래 뼈 주위의 해역은 새로운 삶의 터전이 된다. 연체동물과 갑각류는 집을 지어 들어앉고, 벌레들은 뼈에 달라붙어 단백질을 빨아먹는다. 귀신고래의 죽음은 다분히 사회에 공헌적이다. 하지만 귀신고래처럼 죽는다고 해도 내가 살아온 삶이 아름답지 않다면 아무런 의미가 없다. 지저분한 삶을 살았는데 깨끗하게 죽는 것이 가능할까. 본인은 만족할지언정 남겨진 이들에게 비웃음을 사기 딱 좋다. 죽고 난후 비웃음을 사는 게 무슨 상관인가 싶을 수 있지만 내게는 그것이 중요하다.

어느 대학의 노교수가 졸업생들에게 이런 축사를 남겼다.

"모든 것이 막막해 보여도 쉽게 항복하지 마세요. 개인적 존재의 자존심을 지키세요. 스스로 부패하지 마세요."

어쩌면 우리가 자기만의 이유를 찾아야 하는 이유는 여기에 있다. 존재에 대한 자존심은 나를 높은 곳으로 데려가게 도울 자양강장제가 아닌, 내가 갈림길에 설 때 잘못된 선택을 하지 않게 도와줄 삶의 방부제가 되어 줄 것이다. 잘 죽는다는 것은 죽기 직전 삶을 돌이켰을 때 부끄러움이 없는 것이다. 육체가 부패하더라도 영혼은 부패하지 않는다.

여전한 애도에 관하여

당진의 한 제철소를 견학한 적이 있다. 그곳에서 철강을 만드는 제강 과정을 볼 수 있었다. 우선 저장고에 쌓여 있던 철광석이 용광로에 가서 용선(쇳물)이 된다. 쇳물은 특수 내화 처리된 차량에 담겨 제강공장으로 넘어간다. 공장 출입문을 들어서면 뜨겁고 건조한 기운이 허파까지 차오른다. 쇳물은 예비처리기에서 불순물이 제거된 후 주조기를 거쳐 일차적인 반제품이 된다. 반제품은 다시 후판 공장에 넘어가 물로 씻기고 냉각되어 깨끗한 철강이 된다. 공장 부지엔 그렇게 단단하게 완성된 철강들이 수천 개 쌓여 있다. 뜨거운 날것의 쇳물이 차갑고 깨끗한 철강이 되는 지난한 과정은 감탄스럽기까지 하다.

한 김 식히면 나도 저렇게 단단해질 수 있을까.

너무 이른 것 아닐까?

출간 제의를 받았을 때 가장 먼저 하게 됐던 고민이었다. 딸이 아빠의 죽음에 대해서 글을 쓰기에 가장 적절할 때는 언제일까? 셰릴 스트레이드는 어머니의 죽음 이후 약 4300km에 달하는 종주길에 나섰다. 그리고 그로부터 약 20년이 지난 후에야 『와일드』를 출간했다. 슬픔을 글로 온전히 옮길 수 있게 되기까지, 울컥하고 뜨거운 감정을 한 김 식힐 때까지 그는 기나긴 시간이 필요했다. 그런데 나의 감정은 방금 용광로에서 나온 쇳덩이처럼 뜨겁다. 현재진행형인 애도의 감정을 그대로 박제하면 나중에 후회하지 않을까 하는 걱정이 드는 것도 사실이다. 나의 애도는 여전히 온도가 높다.

철학자 라인홀트 니부어는 "인생의 의미는 찾았다 싶으면 또다시 바뀐다"라고 말했다. 어차피 바뀔 거라면 그냥 모든 걸 털어놓자. 대신 바뀌지 않을 하나의 진실을 찾자. 그렇게 마음먹고 내가 쓴 글을 읽어봤다. 모두 좌절과 실패의 기록이었다. 그러나 그 좌절은 더 나은 죽음을 상상하는 동력이 되었다. 바뀌지 않는 진실이 바로 그것이다. 나는 언제나 나의 실패와 좌절을 통해 앞으로 나아갈 의미를 찾을 것이다. 그렇다면 좌절의 뜨거움이 식기 전에 기록을 해두는 것도 의미가 될 수 있겠다고 생각했다. 어쩌면 이 책은 또다시 실패하고, 사랑하는 사람을 떠나보낼 미래의 나에게 쓰는 일종의 인수인계 문서라고도 할 수 있다.

그러니 『딸은 애도하지 않는다』는 '아빠의 끝'이 아닌 '나의 시작'에 관한 책이다. 그러나 나는 '아빠와 나의 시작과 끝'에 대해서는 여전히 쓰지 못했다. 당장 써낼 수 없는 글도 있음을 이 책을 통해 다시 알게 되었다. 아마 그 글은 내 옆에 남은 사람이 아무도 없을 때, 어쩌면 엄마마저 내 곁을 떠났을 때야 쓸 수 있게 될지도 모른다. 조급해하지 않기로 했다. 대신 말하지 못한 비밀을 홀로 잘 간직하고 있을 것이다. 그게 몇십 년 후가 되더라도 상관없다. 우선은 그때까지 아빠를 잘 기억하는 게 목표다. 그보다 먼저 내가 해야 하는 일은, 아빠라는 사람을 제대로 기억하는 일이다.

이 책은 굳히기 전의 쇳물이다. 냉각기를 거친 쇳물의 단단함과 침착한 서늘함 같은 것은 없다. 그럴 땐 제철소에서 들은 직원의 말을 떠올린다.

"용광로는 한번 불을 지피면 수명이 다할 때까지 꺼지지 않아요."

어떤 쇳물은 굳어서 강한 철강이 되지만, 어떤 쇳물은 평생 용광로에만 남아 고로가 수명을 다할 때까지 뜨겁게 흐른다.

어쩌면 이것이 나의 애도가 아닐까.

딸은 애도하지 않는다

초판 1쇄   2021년 4월 16일

지은이   사과집

발행인   유철상
기획   이정은
편집   정유진, 정예슬, 박다정
디자인   주인지, 조연경
마케팅   조종삼, 윤소담

펴낸곳   상상출판
출판등록   2009년 9월 22일(제305-2010-02호)
주소   서울특별시 동대문구 왕산로28길 39, 1층(용두동, 상상출판 빌딩)
전화   02-963-9891
팩스   02-963-9892
전자우편   sangsang9892@gmail.com
홈페이지   www.esangsang.co.kr
블로그   blog.naver.com/sangsang_pub
인쇄   다라니
종이   ㈜월드페이퍼

ISBN 979-11-90938-63-1 (03810)
© 2021 사과집

※ 가격은 뒤표지에 있습니다.
※ 이 책은 상상출판이 저작권자와의 계약에 따라 발행한 것이므로
   본사의 서면 허락 없이는 어떠한 형태나 수단으로도 이용하지 못합니다.
※ 잘못된 책은 구입하신 곳에서 바꿔 드립니다.